U0052177

Seba・蝴蝶

Seba・蝴蝶

蝴蝶館 76

兩生花

Seba 蝴蝶 ◎ 著

elegantbooks

目錄

兩生花

每天早上醒來，「他」都覺得想死。

並不是因為「他」穿越了。更不是因為「他」前生的死因很蠢——這告訴我們千萬不要在床上躺著吃麻糬。

當然也不是因為「他」今年九歲，是遠近知名的藥罐子，隨時會夭折，可能會打破「穿越後最短壽命」的記錄。

這些都不算事。

讓「他」天天都想死的是，每天早晨，男孩子都會「搭帳篷」。嚴肅點說，這叫做「晨勃」。現在這點年紀當然沒有任何色情意味，不過是純粹的生理現象。

但仍舊讓「他」萬念俱灰。

因為前生的「他」，是個不折不扣的女人，死的時候才三十歲整。

胸前少了兩團負擔當然好……會覺得罩杯越大越好的人根本是站著說話不腰疼，

誰扛F罩杯誰知道辛酸，穿胸罩痛苦不穿更痛苦……但是任何一個身心健康的女人都不會希望一覺醒來下面多了二兩肉。

她沒有自宮是因為「就算自宮也不成功」。不但很疼，而且預後恐怕不大好，聽說太監常常有「方便」的毛病，身上會有味道。

有輕微潔癖的她堅決不能忍。

而且吧，她自覺是個很堅毅果決的人，禍根子嘛，她又不是沒見過。小侄子從滿月到十歲，她也沒少照顧呢。換尿布洗澡什麼的，看得都害羞不起來了，只要當作不是自己的，還是能夠冷靜的解決站著上廁所沐浴等等的私人問題。

真正讓她抓狂的是無法自控的每日早晨。

這逼她面對一個她完全不想面對的問題——再過幾年，她就會進入一個正常少年的青春期。

據說她所在的大燕朝，十五、六歲就要談親事，最遲二十之前就得成親。

跟一個女人上床。

她想要馬上去死一死。

性別轉換太驚悚，驚悚得別的事情都顯得很沒什麼，包括穿越這樣不科學的問題。

躺足了一個月，她才勉強接受了事實——因為自殺也是得花力氣的，而這個藥罐子小破孩，連下床都會頭暈，上吊最少也要有打結的力氣。

好吧。其實死還是滿容易的，試著活到哪算哪吧？而且她也有很多不懂的事情。

據說這藥罐子最少也是個賈寶玉的地位……可躺足了一個月，誰也沒來探望啊？

更讓她納悶的是，前身其實還有記憶，只是少得可憐。活到九歲似乎只有些吉光片羽的閃亮，其他都是一片灰暗。最多的就是生病、吃藥，最常見的是娘親的眼淚和喋喋不休的抱怨和責罵。

閃亮點則是為數不多的到院子走走。

不說是二房唯一的孩子……目前唯一的孩子。她前身上頭還有個聰明伶俐的同胞哥哥，但已經過繼給三房嬸娘，德光公主殿下了。

這位小公子從小到大可聽盡了她娘的哭訴和不甘。

還有，小公子的病真有那麼重嗎？

別騙她，她終究還是有點育兒經驗。她那不負責任的大哥往家裡塞了兩個侄子一個姪女，幾乎都是滿月就塞過來的，她也陪著老媽一路將他們帶大。

客觀來說，小公子是早產兒。早產兒有些上呼吸道脆弱的毛病再正常不過，有幼兒氣喘也不算什麼大事，好好增強免疫力，通常青春期就會痊癒了。在幼兒期難免容易多病，注意營養，小心照顧，做些適度運動，其實也沒什麼。

……但這不表示天天喝蔘湯，餐餐吃燕窩粥，縱容小孩子偏食，就是「小心照顧」了。

這點年紀能夠人蔘鹿茸燕窩當飯吃嗎?!這孩子居然還能活到九歲！

她終於遇到比性別轉換還驚悚的事情了。

在她拒絕這些湯湯水水，嚴厲要求三天清粥小菜之後……她終於有力氣下床站穩。結果來不及驚喜，她那便宜老娘萬分憔悴的衝進來，將她抱了個風雨不透差點憋死。

「不爭氣的東西！」便宜娘控訴，「好不容易從鬼門關闖過來，又不吃藥了……你這是剜我的心啊！你爹不要我們了……嗚嗚嗚，什麼髒的臭的都拉進屋，我怎麼這麼命苦……你們怎麼能這樣對我！你哥不認我了……我是他親娘啊！連你都不聽話！」

說著說著便宜娘就嚎啕了，「若你哥還在，就算死十個八個你我也不管了！」

於是換了內容物的小公子，爆、發、了。

她雖然沒有結婚，雖然嘴裡常常嫌棄，但是她依舊細心溫柔的帶大了三個侄兒、姪女，妥妥的有一顆溫暖的慈母心。

用一個孩子的優秀來糟蹋另一個，在她眼中簡直是罪大惡極。造成孩子心靈創傷，同時還對手足挑撥離間，破壞孩子們的感情，這種父母只比虐待兒童那種稍微好一點點。

於是再也不能忍的小公子大逆不道的對自己的娘教訓了一頓「為母之道」，之所以沒有被押到祠堂跪是因為小公子成功的把自己氣暈過去了。

形勢非常險峻，晨起「搭帳篷」都不算事兒了。

她發現自己的落點很好。小公子的祖父致仕前是副相，現在收了幾個弟子為國育才。小公子的大伯現任大理寺卿，官聲清正，前途一片光明。小公子的爹二老爺風流成性，但也是翰林學士。

小公子的叔叔尚主，擔任太府少卿，專管宗室財庫。德光公主除了沒生個一兒半女外，幾乎是個完美的淑女了。過繼了二房的長子林英，這缺點也沒有了。林英這會兒十二歲，剛考上秀才，神童得非常實至名歸。

大伯還有個兒子林茂，是小公子的二堂哥，今年十歲。雖然沒親哥那麼神童，但習武讀書都很勤謹……重要的是，他長得好看！比他那神童親哥還好看！

蒲北林家在世家譜排得上號，就是有幾代單傳，子嗣單薄了點，但個個是精英，不但是書香傳家，還能很傲然的說得上是世卿世祿。瞧瞧他們祖孫三代就知道了。

這麼說吧，在林家，考個秀才是最基本的，舉人那是理所當然，進士還沒什麼了不起……除了你進三甲得了狀元榜眼探花還能得一句「不錯」，傳臚頂多就得到一句「嗯」。

名為林華的小公子……似乎連字都沒認全。

這是為什麼?!難道他是庶生子嗎?!

不，您誤會了。林家早前幾代會單傳，就是有個可怕的家規，四十無子方可納妾。畜養姬婢，行，不能生子，生了也不上族譜，更不要提分產。

所以林華的確是嫡子。只是在一家凶殘的學霸中，他是非常可憐的學渣……不對，文盲。

這讓人情何以堪。

而林華會在文風鼎盛的林家裡成為文盲，其實是有很深遠而悲戚的緣故。

小公子他爹和叔叔是雙胞胎，娶妻尚主只差兩個月。他爹都有兩個孩子了，德光公主還是毫無動靜。只能說後宮的慘烈你不要問。

最後林老太爺拍板，過繼一個孫子給公主。老大家只有一個，略過。老二家倒有兩個。雖然說，很少有人過繼長子的，但是給公主的總不能體弱呀。要給就給最好的！

於是，在林華五歲時，八歲的林英過繼給叔叔，成了德光公主的孩子。

所有的人都沒意見，但是林華的娘簡氏，非常有意見。

這本來是應有之義，誰願意把自己聰明伶俐的孩子過繼給別人？可是簡氏不敢跟公公鬧，不敢跟夫君鬧，卻跟自己的孩子鬧起來了。

這造成了原本在林家住著的公主，攜著駙馬帶著剛過繼幾個月的林英，長住在公主府了。

實在不忍心這麼大點的孩子受生母和養母的夾板氣。

林英是脫離苦海了，林華卻從此水深火熱。

五歲之前，他還是個有點嬌氣，每逢過季就要喘咳段時間，生點小病的小孩子。

五歲之後，他完全是被簡氏捧在手心裡養，讀書太苦了捨不得所以沒有開蒙，什麼都不愛吃無所謂，吃燕窩養著就行了。養著養著……就養死了！

她真心不是滋味。甚至她懷疑，小公子是嚴重營養不良才過世的。肋骨歷歷可數，看著蘆桿似的手腕，她都害怕了。

總之，她不相信三餐只吃燕窩粥能養大孩子。

小公子不該是這樣的一生。不該是這麼小小年紀被自己的老娘耽誤的夭折。

他應該長大，成為一位翩翩佳公子，讓人讚上一聲，不愧是林家子弟。

至於性別轉換什麼的……暫時不管吧。不然，小公子實在太可憐了。被自己母親的愛殺了，她還自殺……那真沒有人好好的記住他了。

抱著非常複雜的心情，她還是每天早晨都想死，終究還是積極的活下來。

第一件事就是，換一個大夫。

能把沒啥大病的小公子一路醫到一命嗚呼實在太厲害，她承受不起。在發了一場脾氣，表演了「震怒捏爆橘子」後，噤若寒蟬的丫頭終於請了常幫下人看病的大夫過來。

——夜市人生這橋段居然有用，真是沒想到。

這位大夫醫術還好，最好的是他不太掉書袋，說的是人話而不是外星語。而林小公子的病也不是太出奇，和她的推測很接近。

大夫建議她多食五穀雜糧養胃養身。至於人蔘鹿茸燕窩等……這豐富的貴重藥材將大夫震驚了。

她欣然接受大夫的建議，自己擬了一份菜單給大廚房——任何一個將減肥當作畢生事業奮鬥的二十一世紀女人，都能輕鬆擬出這麼一份營養均衡的食譜。

然後，要了一筐橘子。

她承認，砸杯子比較爽，表達震怒的效果也比較好。但是據說林小公子屋裡每一樣都是精品，砸個茶碗就是三兩銀子飛了。

相較起來，橘子比較便宜，雖然林小公子必須要雙手才捏得爆，效果有點尷尬，但要嚇人也夠了。而且發火的時候用橘子砸人也不會砸傷。

最佳暴怒神器。

因為小公子親哥剛考上秀才，便宜娘簡氏正在想方設法製造偶遇，讓林英偏向親娘而不是公主。林華爭取到一點時間和空間，用火爆脾氣壓迫眾生，吃了七、八天正常的飯，已經能扶牆走了好長一段距離，甚至能在攙扶下，往院子走了幾圈。

但好景不長。

在禮法上，林英只能視簡氏為嬸娘。生母的壓迫讓他痛苦不堪，他覺得對不起養母德光公主的恩慈又對不起生母的痛苦，但這一切都沒有他置喙的餘地。

結果林英把自己折磨病了，公主怒了，簡氏被禁止出府。

於是，林小公子慘了。

她覺得誤會了之前幫小公子看病的大夫。而小公子的娘親跟二十一世紀自以為比醫生聰明的家長沒兩樣。

被強灌了幾碗蔘湯和燕窩粥，同時因為她咳了兩聲被禁止下床後，她深深感覺到所謂母愛散發的濃濃無知的惡意。

做為一個孩子，幾乎沒有反抗的餘地。

她果斷的做了一個重大決定。

在一個初秋的午後，所有人幾乎都在睡午覺，她偷偷踩著椅子桌子，翻窗跑了。

生命自會尋找出路……前提是，得自己去找才行。

可惜她忘了，所有的出路通常是披荊斬棘開闢出來的。

首先，小公子在半個月前還是下床都會打晃的病秧子，年紀非常可悲的只有九歲。再者，雖然她手上有壓迫眾生時打聽到的精細林家地圖，但是真正的比例，她是不清楚的。

她並沒有迷路。但是太大的林家卻讓病弱的她走到力竭，還沒走出二房臻園的範圍。

更不好的是，遠遠的已經聽到「小公子！你在哪？」的呼喚了。

絕對不能被抓回去！

不到兩個月，她就體會到林小公子為何是個陰沉暴躁的孩子……沒瘋就是精神面異常堅強了，換做是她早就起肖。

以前她聽說過清末有的母親為了有效控制兒子，縱著兒子抽鴉片，一直以為不可能。穿越這件事情沒有太過衝擊到她，但是小公子她娘強烈的衝擊到她了。

連性別轉換都沒這麼寒。

看到親生兒好轉了不是該高興嗎？不是拉著大夫告訴她別再肆意用藥嗎？

到底是基於什麼理由，用那樣陰森森的眼光瞪著，讓下人一湧而上的灌湯灌粥呢？她是不是該慶幸大燕朝沒有鴉片之類的毒品呢？

逃，必須逃。她不能讓林小公子真的困死在二房。他……已經這樣死過了。

林小公子必須走到祖父林老太爺面前，告訴他，林華已經九歲。林家的孩子五歲開蒙，七歲就有自己的院子。林小公子也是林家子孫，同樣也要讀書，要獨居，並沒有病入膏肓……就算病入膏肓，他也要堂堂正正的像個林家人一樣寧可死在書桌上。

這才是林小公子唯一的生機！出現在人前，而不是蝸居在幽室，最後掌握在親生母親手中慢慢死去。

想法是挺好，可惜敗壞的身體不許可。現在她蹲在假山的山洞中屏聲息氣，並且無計可施。

距離出臻園只差一個角門。但是那個角門已經被簡氏的人看管起來。

休息了一會兒，她稍微緩過氣來。拚命吞嚥才把咳嗽嚥下去。

不能再待下去了。假山山洞簡直是搜人必去之處。她選擇在這兒歇氣，是因為剛剛有人搜過。可很快的，會有人再過來搜一遍。

穿過山洞，另一頭是邊牆，她焦急的想找尋有沒有狗洞，可惜老天爺並沒有賞這個主角必備的金手指。

這時候她沒有心情欣賞牆上美麗的鏤空月窗，只有滿滿的絕望。

若被逮回去她一定會被看守的更緊。接下來會怎麼樣，她完全不敢細想。

裝飾成寶瓶的鏤空月窗有說笑聲。

她決定拚一把。

「救命！」她瘦弱的胳臂能夠穿過窗櫺，「救命！」

林茂瞪著穿過窗櫺，瘦得幾乎只剩下一層皮包著骨頭的小胳臂。要不是太陽還明晃晃的掛在天空，他還以為見鬼了……還是個小鬼。

辨認了老半天，他瞠目結舌，「……三弟？」這不是他二叔家的藥罐子嗎？

林華也努力認了一會兒，不大確定的問，「二哥？」可憐見的，林小公子大概只有過年吃個團圓飯，除了簡氏，其他家人還真的……不熟。

小孩子長得快，都快認不出自家堂哥了。

「二哥！我要見祖父。」林華把握住這次難得的機會，「再見不到祖父，就見不到我最後一面了。」

最終林茂沒有多問。在發現小廝沒法進入臻園後，他果斷的讓小廝翻牆，將林華接出臻園。

然後一刻也沒停，拉著林華跑往祖父住的硯萃閣。

有救了，小公子，真的有救了。這一刻，林華熱淚盈眶。

當晚林老太爺命林華搬出臻園，暫居在硯萃閣，等林茂隔壁的院子收拾好再搬過去，並且要開蒙讀書了。

簡氏崩潰，跑去硯萃閣大哭大鬧，求老太爺不要將她唯一的兒子再奪走。

以前對簡氏很容忍的老太爺一反常態，冷哼一聲就讓婆子堵嘴拉出去，並且讓她禁足兩個月好好反省。

這次真的觸到老太爺的逆鱗了。

他知道自家老二有些荒唐，只是年紀這麼大、還在做官的兒子他也不好深管。子孫不繁他也很感傷，將林英過繼給老三是迫不得已的，他也知道當娘的骨肉分離最是痛苦。

所以他對老二媳婦寬縱許多。不是鬧騰的太厲害，睜隻眼閉隻眼就過去了。

老妻撇下他走了，他很是神傷，這幾年就不怎麼管家裡的事情。他真的以為林華病得厲害，也想過要去探望。但是林華一直養在媳婦的院子裡，他當公爹的沒有理由過去。

他讓老大媳婦過去看看，結果總是被攔在門外。

老二媳婦心裡還是過不去吧？老太爺愧疚的想。罷了，依她吧。終究她是林華的娘，總不可能待他不好。

……結果她幹的這是什麼事？說大了，這是殘害他林家子孫！

老太爺那晚氣得沒吃下飯。結果緊繃的精神一鬆弛下來，身體很敗的林華病倒了，差點把肺咳出來，老太爺又親自照顧，那晚又沒得睡。

小孫子懂事著呢。老太爺想。病成這樣還一直讓他回去休息，怎麼能夠忍下心來。

雖然大病了一場，林華整個安心了下來。

終於將林小公子從那個可怕幽暗的所在救了出來。

她在一個人獨處的時候，痛痛快快哭了一場。為小公子，也為自己。哀悼小公子的夭折，還有自己搞笑的死亡。

好在，想來老媽不會太傷心。

前世她有非常嚴重的暴牙。老媽每次看到她的臉都一副恨不得死過去的表情，跟她出門一定要求她戴口罩。

她喜歡小朋友就是因為，他們並不會把她看成怪物。

老媽把她看成怪物，她知道的。不管她付出再多，再孝順，老媽以為自己掩飾得很好，其實只是敷衍、只有嫌棄。

這樣也好。我和老媽都解脫了。

痛哭到脫力之後，她頭痛、眼睛腫得睜不開，胸悶氣短，卻覺得很舒服。

好了好了，一切都了結了。

以後我就是林華。她想。林小公子會活下來，因為我會活下去。她安心的睡著了。

第二天醒來，非常習慣的……想死。當小廝將尿壺拿過來，特別的想死。

性別轉換真是人生不可承受之輕。她好擔心一輩子都習慣不了。

老太爺一旦下了決心，真是誰也動搖不了。

愣是讓簡氏小半年都見不到林華。

* * *

一秋帶一冬，林華都在拚命補課——頂著二哥林茂驚詫莫名的眼神。

林茂只大林華一歲，四書五經早就念完了，現在正在讀史書之類的補充資料，並且學武小成，粗通騎射。

林華呢，處於破除文盲階段。這半年只進步到不用人攙扶，可以逛完小院子不會喘得太厲害。

林茂的字已見風骨，林華還在努力脫離狗爬體。

……不要再比較了，學霸V.S.學渣，這是要逼死誰。

好在林華不是真的九歲小孩，心態很平和，不然自尊早碎成渣渣。

林茂對她這個親手救出來的堂弟有種異樣的同情，特別幫她補習，手把手的教她寫字，林華對他非常感激。

只有一點。

林茂總是親切的喊她「華哥兒」。

林華鬱悶的要吐血。怎麼聽都像是內衣品牌，求換個稱呼。

可惜林茂總是屢教不改。林華只能把血努力嚥下去。

反正血吐著吐著，也就吐習慣了。

林茂待她這個堂弟也真的是夠好的了。坦白說，這麼大的林家，卻只有兩個同輩，還相差只有一歲，哪怕是打鬧吵嘴互不相讓，也是嫡親親的堂兄弟，一輩子該互相扶持，因為血緣再親近也沒有。

可自從林英過繼後，簡氏將林華把得死死的，連面都不得見。小兒忘性快，幾個月就生疏，何況又隔了四年。

真以為堂弟病得連門都不能出呢，純粹用藥吊著命。誰知道瘦得剩下一把骨頭的堂弟朝他哀戚的求救命。

大人沒讓他知道裡頭的究竟，可林茂是個智商很高的孩子。林華用那手狗爬體寫菜單，林大夫人眉頭都不皺，還囑咐大廚房要嚴謹辦好。

只一樣，每餐都必須送一碗蘿蔔湯。別的菜未必能吃完，但是那碗蘿蔔湯林華必定都會吃乾淨。

蘿蔔破藥性。

以前他得了一次小傷寒，父親看方子裡有人蔘肉桂就改請了個大夫。父親說，幼兒稟質脆弱，不宜熱補。

林茂心裡模模糊糊有些猜測。

雖然沒對誰說過，轉頭對林華卻更包容了。其實兩個都有些小傲氣，林華的脾氣尤為暴躁。但每次偶有摩擦，林茂總是會先退一步，林華也會強自按捺邪火亂冒的性子，反而相處得很不錯，日漸融洽。

林華承認，大多數的時候都是她無理取鬧。

讀書習字，這沒什麼。前世她讀了十幾年的書，還不是把大學念畢業了。雖然古文不是她的專長，但小公子記性好，她耐得住性子，這不算事。

真正讓她煩躁的是，身體真是孱弱不堪，只要是換季，日夜溫差大一點，非傷風一場不可。

上呼吸道一有問題，就很容易誘發氣喘。

下人一定會勸她臥床休息，然後她定會勃然大怒。甚至有人用探究的眼神小心翼翼的看著她，都會勾起她洶湧的邪火。

後來她自己也想明白了，其實就是害怕。害怕病秧子這個標籤打實了，說不定覺得為她好，將她交到簡氏手裡。

她很想證明其實真沒那麼嚴重，但是氣喘發作時就是那麼嚴重。

身體不舒服、焦慮不安，她懷疑還有因為性轉產生的內分泌失調（？）之類的。

總之，她的脾氣很不好。小廝服侍她不喜歡，丫頭服侍她更討厭，只有幾個粗使婆子聽用。

在林家的眾主子中用人可說是別樹一格。

但這份焦躁，在初冬搬進林茂隔壁的小院子時，其實已經平靜下來……只是一轉頭，發現一開始陽奉陰違不怎麼把她當回事的下人，現在勤快又懂事，眼神偶爾落在他們身上，個個連呼吸都不敢大點聲，能多安順就有多安順。

原來如此。

「人善被人欺，馬善被人騎。」不只是一句俗語。

她頭回發現當公子比當姑娘好。比方說，脾氣暴躁起來會扔橘子砸人，如果是個姑娘，那就叫做跋扈。可是個公子，那叫做有個性能御下。

她繼續非常有個性。

從頭到尾她都沒想過要求林老太爺。林華覺得林老太爺已經對她太好了。說難聽些，林老太爺這個公爹奪了二媳婦所有孩子。畢竟明面上，簡氏沒有做錯什麼……就算有錯，也可以推說是無知。

她很感激，並不想太麻煩老人家。畢竟他不是退休在家無所事事，林老太爺還有一幫弟子，時不時要去各大書院講學。

林老太爺不但是前副相，還是大儒。現在殺雞用牛刀的幫她開蒙已經是天大福份，她親哥和堂哥老太爺都沒插手呢。

林華並不知道老太爺什麼都看在眼裡，很是心疼她。

在他眼中，這個可憐的小孫子讓二兒媳養廢了大半，都九歲了還大字不識。說來說去都怪自己立場不堅定，早該遷出來親自教養才對。誰讓他家老二沒有責任感，子不教父之過。

幸好小孫子非常聰慧，舉一反三，差點就耽誤了這麼好的讀書苗子，果然是他們林家子孫。

就是脾氣有些壞。但男孩子脾氣壞些也好，太軟和了容易被箝制。這不，他還沒來得及操心，小孫子已經將一院子管得井井有條，徹底拿下跟他沒幾個月的下人了。

所喜他們兄弟和睦，彼此儘有容讓。活到這把年紀，所希望的也不過是兄友弟恭闔家和樂。

老太爺替林華爭取到半年的安穩，對林華來說真是最關鍵的半年。

這半年她總算擺脫文盲的行列，在林茂緊迫釘人一對一的加強輔導下，她的字總算勉強能看——最少每個字都能被辨識。

但真正喜人的是，雖然是在最不宜養病的秋冬，她也難免感冒了幾次，氣喘卻沒有發作得太厲害。

最重要的是，在非常科學的均衡食譜下，林華也很科學的長高長胖了。她終於脫離不死軍團，雖然還是瘦得像把竹竿，總比蘆桿強多了。

她的臉龐豐滿了些，掙脫了之前病得面貌模糊的模樣。之前瘦脫形了，眼睛幾乎突出眼眶，看起來又可憐又有點可怕。

現在總算是好了，站在林茂身邊真像兄弟倆了。

林家人相貌好，都是走溫文儒雅路線。林茂是小輩裡長得最漂亮的，眉目如畫，卻生機蓬勃如朝陽。林華生得沒那麼好，但也堪稱清秀，只是內容物的年紀擺在那兒，瞧著氣度似乎比較好。

別人稱讚春蘭秋菊各擅勝場，林華完全當作客氣話來聽。

堂哥是她見過最漂亮的男孩子，沒有之一，這點無可動搖。自己林小公子的長相？齒若編貝，笑起來漂亮得很，沒有暴牙！其他的誰在乎啊？看起來不討厭就行了。

她完全心滿意足了。

林家人口真的很簡單，住在林府的七個，公主府三個，共計才十口人。林大老爺很忙，她養在林老太爺那兒時，見過幾次。

她以為會見到賈政那類張口畜生閉口孽障的嚴父，可身為大理寺卿的林大老爺人超溫和的，會摸著林茂和林華的腦袋笑，會關懷的問功課和起居。

原本很詫異，想想林老太爺，也就淡定了。林老太爺看著嚴肅，其實也是慈父作派，父子倆挺像的。

林大夫人，她的伯娘，是當家夫人。相處久了，也覺得這個伯娘很有意思。特別的有分寸——不佔人便宜也不肯讓人佔便宜，不願發爛好心也不願意害任何人。

就二夫人簡氏的咒罵內容就知道她深恨德光公主，卻將大夫人當成死敵。簡氏一直覺得她有志難伸懷才不遇，特別的想當家，所以和大夫人爭鬥得厲害。可林大夫人卻好像……留著這個弟妹逗著玩似的。對簡氏所出的林華卻是該怎麼辦就怎麼辦，和顏悅色，林茂有的她也有。

她真心覺得林大夫人很妙。

至於德光公主和三叔，直到除夕夜才見到。然後，她愣住了。

她三叔真是帥出地平線了，美得讓人不知所措。簡直像是畫裡頭走出來的人，真是三叔既出誰與爭輝，任何人包括漂亮的林茂一起黯淡成煤渣。

太妖孽了。林華暗嘆。難怪要尚主呢，這等美色只有皇室才消受得起。

其實公主也不錯，慕容皇室，聽說一直都是美貌保證——這時空絕了，慕容小受是燕太祖，她都要錯亂了——但是站在搶盡光輝的三叔身邊，所有美人都是悲劇。

不管真性情如何，三叔和公主似乎個性都很溫軟。最少願意做表面工夫，公主殿下都堅持行家禮而不是國禮，一家和樂融融，這已經太好了。

跟她親哥站在一起，真有一家三口的感覺。大概是三叔夫婦和林英氣質都是那種和煦如春風的關係。

這時候便宜爹正在跟林英講話……就像一個伯伯般的親切。林華對也是頭回見到的便宜爹多看了幾眼。

便宜爹注意到她，詫異的問，「這是誰家孩子？除夕怎麼不回家團圓？」

一片死寂。落針都能聽到聲響。

林老太爺眉間迅速湧起暴怒的雷雲，林華當機立斷開口道，躬身下拜，「華兒見過父親。兒已大好，不復病骨支離，難怪父親認不出來。」

天知道，她並不想給這個風流得快記不住家門往哪開的便宜爹架梯子，只是並不想讓祖父氣出點好歹……畢竟今天是除夕。

便宜爹笑得很尷尬，摸遍全身沒找到可以賞的玩意兒，就將手上據說是什麼書法大家的扇子塞給她。

……滴水成冰的除夕，你為什麼要拿扇子？而且，還賞給你才九歲的兒子？

這個便宜爹果然不靠譜。

但是她錯了，更不靠譜的還在後頭。

便宜娘壓軸登場。

不管怎麼樣，表面工夫還是要做的。林華恭恭敬敬的上前行禮……便宜娘視而不見的擦身而過。

她一臉驚喜又淚眼朦朧，「阿英！你來看娘了？」

林華無聲的嘆息。老太爺的眉間又開始聚攏暴怒的雷電。

以為這頓年夜飯註定要被暴怒的林老太爺翻桌，誰也吃不成了……

然後林華就震驚了。

她那便宜爹居然將風暴消弭於無形，春風化雨（？）了。

總算明白律人律己都甚嚴的老太爺為啥對便宜爹沒有辦法……果然林家祖孫三代

全是凶殘無比的學霸！EQ和IQ雙破表！

連自己親生小兒子都不認得的便宜爹，四兩撥千斤的勸住了老太爺，轉眼迷翻了便宜娘，總算讓便宜娘盯在林英身上不動彈的眼珠子改盯在便宜爹身上不動彈。

便宜娘安生了，全是人精的林家人也立刻攜手創造美好家庭氣氛，快樂守歲了。只有林華還暈暈乎乎的，好半天回不了神。

連她這樣心智堅定，內容物堅毅果敢的成年人都快被便宜爹征服了——明明是渣男，可是當面就沒辦法討厭他怎麼辦?!

總之，便宜爹願意的時候，真讓人如沐春風。讓林華懷疑有重度躁鬱症的便宜娘立刻不藥而癒，全身沁滿了粉紅蜂蜜味。連她親哥林英都不要了，何況一只小藥罐子。

更讓林華不知道該從哪吐槽起的，是她便宜爹完全出自內心，還很真誠的對林華科普，其實便宜娘對她沒有壞心，讓她體諒娘親的苦衷，孝道之始也巴啦巴啦巴啦……

雖然對這便宜爹還是很抵觸，可真的很難不被說服。

這就是無知造成的悲劇。

便宜娘有千般不是，但她也不是誠心敗壞自己兒子……別傻了，在林家子嗣多珍貴啊。只是便宜娘對人好的辦法不對路而已。前世的林華要不是有親自照顧早產兒的經驗，敢說能比便宜娘做得好嗎？

想想她前身的親媽吧，還不是常常被賣藥的廣告，或是直銷什麼健康食品的蠱惑，動不動就要她和侄兒們吃這種吃那種可疑的藥錠，要不是她性格頑強堅定的拒絕，誰知道會吃出什麼毛病。

她外公就是被偏方耽誤死的。肝病治到一半，出院吃什麼靈芝，是不是真靈芝也不知道，靈芝對不對症……更不知道啊，結果惡化到不成送醫院，那時什麼都來不及了。

二十一世紀都有這種悲劇，又怎麼能苛責古代的一個婦人。

……她居然被不負責任的便宜爹說服了，這事實實在太驚悚。

雖然不甘願，她還是照著大燕朝的禮儀，晨昏定省。沉浸在愛情中的便宜娘也不是那麼難相處……溫柔體貼得有點囉唆，能忍。

可惜好景不常，陽春三月便宜爹又夜不歸營了。

她實在不能明白這個便宜爹，拚命打聽，最後是林老太爺把她揪去隱隱約約的說了一通，然後上上下下都有點消息，拼拼湊湊……林華只想捂臉呻吟。

便宜爹……還真不是種馬。他渣得非常別出心裁，程度大概就像是古龍小說那票子莫名其妙的男主角差不多。

不是愛上人家的老婆，就是把自己愛的人送給結拜兄弟還痛苦不堪。再不然呢，愛到包養了幾年，突然不愛了，張羅著把愛妾嫁與別人獲得幸福……諸如此類。

……貴圈好亂。她決定以後稱便宜爹為古龍爹。

古龍爹會乖乖回家待幾個月，就是因為他剛親手把愛妾嫁人了，撕心裂肺的難過（？），除夕團圓發現他還有老婆小孩，老婆還是美女……一時責任心爆棚的回家當好丈夫好爸爸。

但是俗話說，「真愛燒不盡，春風吹又生」。

（真有這句嗎？）

陽春三月萬物復甦，踏個青還是讓他踏出真愛來了。發現真愛當然就要全心燃燒和付出，然後他就忘記自己還有老婆孩子。

……瞬間她只覺得林小公子真是世間上最可憐的娃兒。

但是很快的，她就開始可憐自己了。

古龍爹沒有忘記上班，卻忘了老婆孩子，連家都不要了。雖然是舊病復發，還是讓林老太爺氣病了。

最後憔悴的林老太爺痛定思痛，將林華喚來隱諱的教導了一番……讓她別跟她爹學得真愛數不清。

林華氣了，但是她也能體會林老太爺沒有早早掰正她那古龍爹的痛，她忍。

誰知道，沒多久，她大伯林大老爺也將她喚來「關心」，非常凝重的告訴她，少年急色如刮骨吸髓，於壽元有害。簡單說就是，別學妳爹會短命。

林華氣嗆了，但她也知道大伯是為她好，她再忍。

然後林大夫人……林茂……連她親哥，已經過繼給公主的林英都不避嫌特別來教導她一頓……

她真的忍無可忍重新再忍……快把自己忍爆炸了！

雖說她明白這只是家人的擔憂，害怕子肖父再出個多情種子……她不會對勸導她的長輩生氣，但是她對那個古龍爹真是恨到巴不得剔骨還父了！

她只能回去捶枕頭一萬遍。

猶不消氣，第二天她院子裡就多了幾個沙包。然後把沙包想像成古龍爹，每天捶上幾萬遍。

這倒是意外的將前世的拳擊撿了回來。發洩怒氣之餘，原本破敗的身體也漸漸好轉。

意外之喜。

前世她的身世很平常，大學念的是機械系，上班直接玩CNC車床了……這輩子永遠用不到。她一生最大憾恨就是暴牙，因此少年就在情愛上摔了一大跤差點跌死。

之所以會非常執著於減肥健身……暴牙是沒救了，身材還是可以靠後天努力。

頭回領到薪水的第一件事情就是報名了健身房，然後保持兩天去一回的頻率。當時有氧運動非常流行，她學了有氧拳擊就這麼一直學下來。

這樣的努力讓她戴上口罩後，也博得了個「半截美人」的綽號。那時還真是半個天使的臉龐（口罩後），一整個魔鬼的身材。

學了近十年的有氧拳擊，除了沙包再也沒打過其他東西。

沒想到在大燕朝復學了兩個月，立刻打上沙包外的東西——她嫡親表哥，簡氏親姪子的眼睛，製造了一個完美的單眼熊貓。

因為這個所謂的表哥居然趁著四下無人調戲她。

首先，他調戲的是「林小公子」，他親表弟，十歲的小男生。賊手還從寬大的袖口伸進來……真夠噁心人的。

不打他打誰。

這時候就顯出有兄弟的好處了。狠揍了幾下力氣不濟，險些反被打，林茂剛好來尋他，一看還得了，立刻加入戰團，把那個十五歲大的簡家七公子打成豬頭……若不是被下人架開了，林華還想廢了他呢。

簡家哪裡肯，立刻來討說法。

大燕朝其實沒有什麼不好，只是大家都太要臉。若是林華敢說表兄猥褻他，名聲就傷了，大部分的人都會忍氣吞聲。

但林華並不是大部分的人。

「據說簡七公子是來探望姑媽。」剛挨了一頓手板的林華氣定神閒，「他就是輕薄表弟來示意的？我林家子孫豈是孌童！」

兩家炸窩了。

簡家當然不肯承認，林家震驚暴怒，兩家最後不歡而散。

林華會這樣算了嗎？哪裡可能。受到如此大辱，本來打上一頓再道個歉，她勉勉強強就算了。結果簡家還施壓讓便宜娘叫她低頭……想得美。

這種人渣絕對不是只對林小公子如此，變態必定有前科。

有關係不用是王八蛋，拽著同樣挨了手板的林茂拜訪了公主府。德光公主也是她嬸娘，聽說皇家人特別護短。

不出半月，簡七公子狎昵小倌兒被圍觀了。禽獸啊。這下簡家可大大出名了……簡七公子這輩子算是毀了。

林老太爺後知後覺，捂著額角盯了林華好半晌，林華卻淡定的喝茶，非常理直氣壯。

這點年紀就知道利用皇家勢力盯梢挖坑……這真的好嗎？爹不可靠，爺爺和大伯還是很可靠啊！都已經給簡家挖坑，準備讓簡家家主栽個大跟頭……你這孩子怎麼不能等一等呢？

老太爺不捂額角，改捂心臟。

林華不淡定了，歉疚關心的問，「祖父，你還好嗎？」

他很想回答，當然不好！但是看小孫子一臉可憐兮兮，心又軟了。

林華還是遭了一頓訓斥。老太爺看著乖乖聽訓的小孫子還是湧上一陣無力……管教老二未果的心理陰影面積又擴大了。

於是剛念完三字經等啟蒙教材，脫離文盲未久的林華，被塞進以嚴教勤管著稱的林氏族學了。

＊　＊　＊

林茂戾氣十足的領著秀士甲班的同窗們疾行，一面走一面捲袖子。聽說秀士乙班的混蛋又跑去啟蒙班欺負他們家的華哥兒。

當他這哥是擺設啊？林家可沒死絕！當外族雜姓可以隨便欺負他們家的人？這次就算跪祠堂也絕對要給這群混帳終生難忘的教訓！

結果在門口就遇到衣服被扯亂的林華，髮髻也被抓散，簪子不知道哪去，散亂了一半長髮。

眼尾擦了塊瘀青，嘴角也打破了。很狼狽，卻有股凌亂頹散的美。即使如此，依舊高傲清冷，帶著股強烈的禁欲氣息。

「華哥兒！」林茂更怒，「你怎麼樣了?!」

高傲清冷的禁欲少年臉孔立刻崩了一小塊。求不要叫這品牌名。

林華嘴角抽搐了下，「……先問他們怎麼了吧。」他讓出門洞，一眼就能望見院子裡堆成一堆呻吟翻白眼暈死的八個可憐蟲。

林茂的臉頰也跟著抽了幾下。

一個揍八個。這戰力。

誰能想到兩年前剛進族學那會兒，林華跟人單挑都被揍歪，這會兒卻不下呂布呢？

「……不能等你哥我來處理嗎？」林茂很想講理，只是額角直跳，「跟你講過多少回，法不責眾！」

你一個人把人家八個全打了，家長豈不只來告你一個？若是打群架那就得自認倒楣，自己回家擦藥。

為什麼總崇尚簡單粗暴?!

林華斯文的咳了兩聲，「應該驗無傷。」

林茂澇來的救兵同窗都衝進去，翻著一地的人嘖嘖稱奇，「唉呀，華哥兒，真讓你練成了哈！真真打死驗無傷……」

清冷禁欲的少年微微露出矜持的淡笑，少年他哥捂住額角，愴然的發現難怪他爺爺沒事就偏頭痛。

他家內蘊靈秀的弟弟只有一張病公子的皮，底下卻是頂頂凶殘的猛士。

林家族學其實頂頂有名，規模不比一般書院小，師資非常精實。但是林家……你懂的，整個家族都點在智慧上了，生育率非常慘澹。林老太爺這房單傳了幾代，有三個兒子都已經算是光宗耀祖了，林氏家族跟林老太爺這房血緣最近的，得上溯到同個天祖父。

什麼是大祖父呢？天祖父就是高祖父他爹，高祖父就是曾祖父他爹，曾祖父就是祖父他爹。

不要看關係這麼遠了，其實同宗還是很緊密，一起供奉著族學……不緊密也不行，同個天祖父還擁有相似的悲慘生育率，只能說子孫太聰明就會天妒之。

所以呢，族學裡林家子弟堪堪只足五分之一，其他都是姻親故舊，想盡辦法塞進來……考入門試，然後才勉勉強強收了。

在這種背景下，難免會出現許多小團體，也會有很多小摩擦，校園霸凌呢，那也是古今一以貫之，別想省了。

林華九歲才開蒙，十歲入族學上啟蒙班。在這些代表大燕朝清貴書香一脈的子弟中完全令人側目。而且大家都是考進來的，憑什麼你是走後門塞進來的？跟一群五到七歲的孩子坐在一起還學得沒人家好，你有臉坐著？

最最重要的是，剛入學的林華很瘦，有弱柳扶風之態……不知道是吃太多大補還是啥的緣故，她拚命長個子，食量已然不小，這輩子卻不知道啥叫嬰兒肥，寶帶纏腰纖細，弱不勝衣……

於是有人轟傳林華乃是女扮男裝。

虛有其表的林家子弟，走後門，「女扮男裝」，學渣，不知道在傲什麼……林華初入族學就收集齊全了所有被霸凌者的最佳要素。

頭天被學長們堵在茅房，起鬨著要證實林華到底是不是小娘子。

結果如上述，林華成長的很快。拳擊在武林高手面前只能吃土，但是在只會花架子的同窗學長面前，換同窗和學長吃土。

可讓林老太爺和林茂捂著額角疼的倒不是打架。別說文官不打架……別鬧了，爭到臉紅脖子粗拿笏板互抽也不是沒有啊！要早點熟悉這種氛圍，求學時代練練手不算啥。

真正偏頭疼的是，功課已經非常滿，一天睡不到四個時辰的林華，硬選修了醫科。族學醫科的邢夫子實在是良醫，真正有真才實學……可是他的學生很少。

邢夫子因為興趣的緣故，兼任仵作。哪怕是選修生，他也會帶著去察看屍體什麼的，怕屍體的他就不收了。

邢夫子好幾次都想將林華收為關門弟子，還是她自己婉拒了。

林華一本正經的跟林茂解釋，本來她想學點穴，可惜沒有人會。可邢夫子熟知所有要害和非要害，總結出一套將人揍得痛苦無比卻不傷筋動骨的路數。

這兩年練得小成了，揍人於無形，都打昏了還找不到瘀青。

現在林華和邢夫子共同研發傳說中的分筋錯骨手。之所以要研究這個，是因為打斷別人家的手或腿就結下死仇了，拆拆關節還能回復，不過是小打小鬧。但是兩者的痛苦其實差不多。

……

林華專業暴力於無形兩百年，老太爺和林茂怎麼能不偏頭疼。

唯一支持褒獎的只有她大伯，據說偷偷學了點，專門在朝堂群毆時下陰手……為此還特別送了兩個犀角杯給她，應該是非常有用。

林華一開始也不想往暴力蘿莉……暴力正太的道路邁進。

她真正的打算是，趕緊的脫離文盲行列，老老實實念幾年書，盡量在三十歲之前考上秀才，然後開發看看有沒有什麼專長……最好是琴棋書畫之類看起來很文雅高尚的才華。

林氏家族普遍高智商，但林華最佩服的一點就是眼光非常長遠。家族資源分配合理，也不是腦門削尖了只想往仕途鑽——總不是會讀書就天生會當官。

老太爺這房之所以都在仕途有成就，是因為剛好父子都是這塊材料。其他不適合的，當大儒、教書、當大夫……通通都可以，只是會包裝得格外高貴儒雅。

就算作不了正經事吧，也成。只要琴棋書畫類有專長，也能為家族貢獻成為名士。如果連這些都不成，只愛吃喝玩樂，只要不觸及底線，也能包裝成狂士。

總之你就算紈褲也給我紈褲個道道出來，務必要給家族有形無形資產加磚添瓦。

林華覺得就算混不上狂士，她還能為家裡管管庶務。但這一切的前提，就是最少考個秀才，林家可沒有白身這種生物。

所以她真心想要努力用功，將林小公子之前空白的幾年補起來。

可惜她想得挺好，事實卻很嚴酷。她想當個好人，可惜小混蛋們不同意。

一開始，她是被揍的那一個。沒辦法，林小公子的身體真是太弱了，再加上她實在沒有打過架。但是隨著經驗累積，合理營養與運動調配、還有不知道為啥提早前來的青春期，加上她護短的二哥與二哥愉快的夥伴們……

她的優勢沒幾個月就建立起來了。

但是將人打得滿地找牙也很苦惱，不說先生會罰，老被人往家裡告狀免不了也得吃吃家法。

跟邢夫子學醫也是意外。林家族學滿多雜學可以選修，醫科可算是大熱門。不求把脈開方，最少能瞧瞧大夫給開的藥方妥不妥，這是士大夫們裝逼重要技能之一。林華會選邢夫子，就是因為邢夫子的學生最少，其他大夫都圍滿了人。

然後她就大開眼界了。

沒想到她穿越到大燕朝，居然有機會接觸到解剖課。哎呀，要不是她英文完敗，她原本的第一志願是當外科大夫啊！

點。

雖然也沒能學出點什麼，邢夫子對她的膽大倒是很欣賞，指點了她一些打架的要點。

林華懷疑邢夫子可能是啥武林中人，只是邢夫子一直都不肯承認。

她也沒深問。

雖然有些無言，但這兩年她除了擺脫文盲行列，學得最好的就是，打人驗無傷。仔細想想，除了不會被罰，還真有點無用。

是的，普天同慶，林華終於從啟蒙班畢業，升到秀士戊班。往常緋著的冷漠小臉，難得笑得燦爛如春花。

只是她很快就笑不出來，並且從小高冷憤怒的往冰山絕嶺邁進。

升班當天，她被同窗壁咚了。

林華完全忘記打人不打臉的原則，直接將那個不長眼的同窗打成豬頭。

但這沒阻止荷爾蒙剛剛綻放的少年們。她開始收到情詩，前後左右的位置變得異常搶手，開始有人為了她和別人多說一句話吃醋，對著她臉紅……

最後因為她實在太凶猛，將所有惹怒她的人痛打一頓，這些春心蕩漾的小同窗才略有收斂，卻給她取了個「刺玫瑰兒」的渾號。

林茂笑抽了。

林華卻覺得一點都不好笑。

「沒事。」抽完的林茂安慰她，「我剛入族學那會兒也這麼受歡迎。」

林華一臉驚悚的看他。

「誰讓你哥我長得這麼漂亮，人皆有愛美之心，我們要體諒一二。」林茂驕傲的揚起下巴，「打架打得凶還不夠，你得功課凌駕於他們，他們就不敢以相貌取人了。」

林華回去照了老半天的鏡子，百思不得其解。她的長相比起林茂可差遠了，林茂眉目如畫，十三歲的少年渾似陽光凝聚，漂亮得燦爛奪目。林小公子吧，這幾年養得好些，畢竟底子在那兒，還是蒼白病弱，長眉細眼，五官有些模糊。

頂多就是秀氣。生活太緊張，因為性轉，她心氣也一直都不太順，一年四季的板著臉。

她是能明白林茂受歡迎的緣故。大燕朝的男校嘛，青春期初萌，荷爾蒙多到無處宣洩，奔向長得最好看的男孩子，無可厚非。等林茂證明了他的強悍，就什麼事也沒有了。

棺材臉的林小公子？這些小孩子是有多想不開，審美觀是有多奇葩啊？

但是這種被同性追求的困擾，卻幾乎糾纏了林華一生，總讓她勃然大怒並且百思不解。雖然說，林華本身的性取向很正常，就是個完全的異性戀……很不幸她就是個性轉的。

還沒來得及動心，肉體的排斥就非常強烈。這真是個悲劇。

更悲劇的是，她雖然肉體是男性，但她的靈魂是女性。不管她外在飽受禮教洗禮，成為翩翩佳公子，靈魂依舊影響了氣質，很是吸引了某些人的眼光。

不知道幸還是不幸，她一直都不知道這點。

其實這幾年的適應，林華對性轉這回事感覺沒那麼糟了。畢竟日常誰也不會沒事就去在意自己性別，她早就可以泰然自若不當回事的站著上廁所。

直到升上秀士戊班的半個月後，林華莫名其妙的做了一個五彩繽紛、血脈賁張，卻記不清楚的夢後，她才感受到性轉的真正威力。

初醒意識不太清楚的時候，她感到身下的棉被涼涼的，摸上去溼滑一片。

她稍微清醒了些，第一個念頭是，該不會是月經來了吧？十二歲雖然有點早……

但是肚子並不痛。

她完全清醒過來。在昏暗的光線中瞪大了眼睛。

……能不能讓我馬上就死。

她很想跳起來收拾，將所有「罪證」消滅，卻軟綿綿的動彈不得。

於是在林小公子第一次夢遺後，林華發了高燒，以至於全家都知道這件事了。每個人看她的目光都飽含深意，又想勸慰又想爆笑。

林華萬念俱灰，開始考慮哪種死法痛苦最少。

之所以有時間思考「無痛自殺的九十九種方法」，是因為這回高燒將她放倒了。過來這三年，她的精神實在太緊繃，也努力過頭了。這次說不好是虧損還是驚嚇導致的高燒，究其因不過是長期疲勞的累積，一口氣爆發了。

她需要的只是好好睡幾天，放鬆心情的休息。

只不過，表面的病因實在太令人想死，鬱卒過度，所以才多拖了幾天。

林華的便宜娘簡氏沒有來探望她，因為她也「病」了，倒在奶娘的懷裡嚶嚶哭泣。

因為林華的親哥林英，訂親了。

但簡氏卻是最後一個知道。她親生的兒子，連兒媳婦的人選都由不得她。天理何在。她親親的英哥兒啊……

想起來又是一串連珠淚。

她感到人生無處不在的深深惡意。

最愛的丈夫被外面的狐狸精搶走了，最愛的兒子被歹毒的公主搶走了。她什麼也沒有了。

奶娘安慰她，「夫人說得什麼話，華哥兒聽了豈不是傷心？您瞧，華哥兒大了，身子骨也好了，人也上進了，誰人不誇呢？再幾年娶了媳婦兒，您哪，要愁的是一雙手怎麼抱得來那麼多金孫孫……」

簡氏感覺稍微好了一點點，又立刻低落了，「有什麼用？那孩子跟我離了心！不知道吃誰挑撥……嚶嚶嚶，我就知道大嫂只會做表面工夫……我的命怎麼那麼苦，搶了我家大兒又想搶我家小兒……林家就沒有個好人……」

其實簡氏很焦慮。她總覺得再也掌握不住小兒子。九歲之前，華哥兒就是在那裡，什麼時候想見他都可以。九歲之後，他身體好了，讀書了，受老太爺愛護了，好像什麼都好了。

她卻覺得不好，很不好。

華哥兒在做什麼她通通不知道，身邊伺候的都是老太爺的人。連一個教他要孝順娘親的人都沒有。

再過幾年，華哥兒就要討媳婦兒了。到時候會離她更遠。

簡氏越來越焦慮，原本是裝病，結果將自己折騰的真病了。

為了寬慰她，奶娘說了華哥兒已經長大，將林華的病因告知……反正全家都知道了。

簡氏原本死寂的瞳孔爆出光芒。

林華病癒不久，去探望病中的便宜娘，在一連串哭訴埋怨攻擊後，默默的帶回兩個如花似玉的丫頭。

都是十五、六歲的年紀，楚楚可憐的大眼睛，一低頭雪白的脖子……簡單說就是兩朵小白花兒。讓林華來形容，就是兩個小三臉的丫頭。

她一陣默默無語。非常希望自己誤會了。

便宜娘該不會打算……塞兩個通房預備役吧？她被自己的猜測激了個寒顫。

不管是不是，終究還是逼迫林華面對事實。總有一天，林小公子總是要娶妻的吧……她對著兩個漂亮的丫頭乾嘔了一下，飛快的走出房間。

絕對不可能。跟個女的睡然後將自己的什麼東西塞到她的什麼地方……她的胃再次翻滾。

那麼，跟男的行麼……

又一次的，她乾嘔了，而且真的差點吐了。

她堅決捍衛自己的人身安全……不管是壓人還是被人壓，在衛生上都無法妥協。

林華決心出家。

至於香火問題，沒事，老太爺這房之前單傳好多代呢，這代有兩個很強了好嗎？哥哥是幹什麼用的？就是這時候排憂解難！

不過，老太爺的年紀真的大了，白身出家也太容易讓人瞧不起。最少，得考上秀才。婚事倒還簡單，身為男兒這點佔優，不想早婚直說就是，不用像女孩子一樣提到婚事就羞澀。

就說，功名未就不願娶妻就行了。

她緩緩吐出口濁氣，微微笑了起來。

……然後她就知道自己不該笑。因為追出來的兩個丫頭被她燦爛的笑迷了個頭昏眼花。

後來再怎麼冰山臉散寒氣都無法補救了。唯一能夠阻止她們熱情的方法，只有忍無可忍的將她們扔出去……然後聽她們傷心欲絕的在門外嚶嚶嚶。

「把她們送回我母親那兒。」無情殘酷無理取鬧的林華下令。

送了兩朵小白花回去，箇氏送了兩個長得跟妖精一樣的丫頭回來。束手無策的林華只能把這兩個妖精派去掃院子，圖個眼不見為淨。

但她將箇氏想得太簡單。她老人家根本不是想走襲人那種青梅竹馬路線。

某天家宴喝了兩杯酒，林華面泛霞暈的走回自己住處，剛進門，門不但自動關起來還響起喀嚓的上鎖聲。

原本薄醺的林華立刻清醒了。

燈火搖曳中，她的床上躺著個人。玉臂橫陳，鴉髮鋪枕。嬌羞的掀開錦被，一片白花花。

……禽獸。我還沒滿十二歲啊靠北！

林華轉身推開窗子，踩著桌子跳出窗外，逃命似的衝向她哥林茂的院子。

林茂差點被她嚇死，結果話還沒來得及說，林華拉過她哥的洗臉盆，就往裡頭痛快的吐了起來。

吐得太痛快，不但將晚餐都吐光了，吐到最後只剩下膽汁，參雜一點血絲。

林茂嚇得夠嗆，但是聽林華面如死灰、斷斷續續的訴說，他尷尬得要死，雖然惱怒嬸娘的不著調，但也只覺得很爆笑。

「就為這點兒事？你聞聞我的屋子是什麼味?!」林茂抱怨，「害我都想吐了。」

林華被她無情的哥扯去東廂房過夜，正屋已經不能睡了。

「你感覺怎麼樣？需要請大夫不？」林茂命人找乾淨衣裳遞給林華，「行了，別一副生無可戀。就是咱們家太單純，在別人家這沒什麼。」

看林華張大眼睛瞪著他的模樣，林茂笑了。他雖然只比林華大一歲，但從小是當未來家主培養的。林老太爺這房，他父親居長，總有一天，林茂會是家主，很小就跟著應酬往來。

他當然不會只跟著書香子弟來往，也有權貴，當中自然也有紈褲。風花雪月，他不陌生。或許再長大幾歲，也會逢場作戲一番。父親看起來嚴正，卻不拘束他，而是要求他必須從這些膏粱繁華中看透本質，穩住本心。

林茂覺得自己有足夠的定性。

雖然覺得早了些，林茂還是趁此機會教育了一下林華。青樓勾欄不是好去處，卻是避不開的應酬——故作清高在官場是混不開的，關係網也會因此受阻。當中會有許多誘惑，但是淺嘗則止，知道個中滋味就算了，千萬不要沉淪。

林華難以置信的看著自己的二哥，好半天才消化完他的「教育」。她終究不是真正的十二歲少年，但她覺得三十幾歲的年紀都活到狗身上去了，還沒有這個十三歲的二哥成熟。

原來這才是大燕朝正統士族子弟的想法。

她遲疑的點點頭，又很快的搖搖頭，「我、可我不想嘗。」

林茂包容的笑了笑，「你是被嬸娘的安排嚇壞了。也是，不說你還小，其實我也沒多大呢。聽我爹說，最少也得過十六了才好嘗試……其實咱們家規很嚴，不興通房那套，到時候……」

「到時候我也不要。」林華捂了捂額頭，她實在不想跟她哥討論性觀念，但是共同生活了幾年，她對看似溫雅沉穩的二哥實在有相當的了解……他就是個芝麻湯圓，還有點霸道總裁風。

到了年紀，她哥可能會覺得為她好，然後就「安排」了。手段絕對不是她那智缺的便宜娘那麼蠢。

「哥，那太噁心了。」林華按著胃，「那回事就好比是，拿自己的手指頭去挖別人的鼻孔，那人的鼻孔還在流濃鼻涕。」

想像力很豐富的林茂當場被他堂弟噁心到了。明明是非常激情曖昧的滾床單被他形容得胃翻絞。

這造成了剛進入青春期的林茂非常龐大的心理陰影面積，讓芝蘭玉樹的林二公子守身如玉直到正式成親，才真正褪去了陰影。

此是後話，按下不表。

事發時已是深夜，不管簡氏安排了多少後手，終究不能鬧到林茂院子去，只好心不甘情不願的收手。

照簡氏的想法，這根本沒什麼。不過是送了丫頭，丫頭又心大想爬床罷了。當母親的難道連這點權力都沒有嗎？誰也不能說她什麼。

雖然沒成事，但是成不成事誰知道呢？她想提拔個丫頭當屋裡人，還不是一句話的事。年少人害羞，絕對不敢說出去的，朝夕相處，今天不成總有天會成的。

她很有把握。

卻沒想到，林華第一時間稟報了林大夫人。當場林大夫人摔了茶盞。

年過少者失元陽容易夭折！這點常識難道她那好妯娌不知道嗎?!顯擺她兒子多糟

踢得起？

她氣得胸口發悶，林茂趕緊替她娘揉背，林華遞了杯新茶。

睇了林華一眼，林大夫人嘆氣。是個好孩子，可惜爹娘都不靠譜。

她當場處置了那個爬床的丫頭，林家可沒有通房的例，十幾年沒出過這麼噁心的事了。林大夫人處事精緻，誰管有沒有呢，先灌了避子湯再說。

讓人啞口無言的是，剛灌了避子湯，那丫頭就小產了。來不到十幾天，據說昨夜才玉成其事，倒懷了兩個月，這太神了。

更無言的是，這丫頭是從簡家送來的。

林大夫人感到很疲憊。她一直知道這妯娌是個蠢貨，卻沒想到會是這麼蠢的蠢貨。這是想作什麼？混淆血脈？在林家弄出個庶長子？還是握著這個把柄在未來引爆，來齣認祖歸宗的天大醜聞？這是打算對付林家嗎？

林大夫人深深的陰謀論了。

其實沒那麼複雜，只是被毀了名聲的簡家表哥不甘願，發現玩丫頭弄出孩子了，既想甩掉麻煩又想給林華好看，趁姑母來要丫頭時順手塞過去而已。

結果他幼稚的報復導致親家變仇家，林簡兩家誓不兩立，間接造成簡家的落敗……只能說生子不肖不如叉燒。

這事好像很平靜的過去了。

爬床的丫頭挪去庄子上「養病」，簡氏一點事也沒有……似乎是這樣。

但林華和便宜娘懇談不歡而散後，直接和林茂一起去孔氏學院寄讀了。

很不應該，但是林華不知道該怎麼面對這個便宜娘……和她可能會有的後招。

當她弄明白了便宜娘隱祕的心思，除了疲倦什麼也感覺不到。這麼忙忙的在林小公子身邊安插屋裡人，其實就是想搶占林小公子的第一個女人和第一份寵愛，將來就算娶妻，也不會有了媳婦忘了娘。

因為已經事先分寵過了。

什麼開枝散葉啊，滾邊站吧。難怪那麼多當娘的會往兒子房裡拚命塞人，原來是這種見不得人的小心思啊。那何必給兒子娶媳婦，塞滿小妾不更好，當娘的豈不是地位最崇高，還不耽誤生孩子？

她再次堅定了決不娶妻的信念。何苦拖一個無辜女子陪她受罪。

是的，簡氏的一生很不幸。丈夫是個古龍渣，心愛的兒子被過繼到公主膝下，小兒子是個藥罐子。

但，那關她屁事。

可以的話，她也希望林小公子回魂，她絕對會立刻將身體歸還。她本來就死了。

不幸的是，林小公子死了。死在母親無知的溺愛裡了。事實上，她無比的想回家。哪怕回去也是死，起碼她能埋在二十一世紀的泥土裡。

這樣也不錯。林簡氏逼死了自己的親生兒子……這本來就是事實。光想到就覺得快意，或許這麼做不錯。

林華情緒很不對勁，就是這種不對勁和某樣東西讓林茂警覺起來。所以林華跟簡氏「懇談」時，他悄悄聽了壁角……真是大開眼界。

他的父母都是人中龍鳳，從小到大得到的都是鼓勵和支持，所以他一直認為百善孝為先。

從來沒有想到，當父母的也會侮辱傷害自己的孩子。他在窗外，聽了都是剜心的疼。

林華在辱罵中衝出來，看到林茂愣了一下。林茂卻堅定的牽起她的手，默默的往外走，一點都沒管她的掙扎。

「我，我們。」林茂慢條斯理的說，「我們這輩兒，就是兄弟三個。將來父母長輩都會過世，只有我們兄弟三個相扶持。」

林華停止掙扎。

他還是保持那種慢吞吞的語調，將她帶到水榭，揮退跟著他們的下人，「我們會娶妻生子，會成家立業。我們，有一天會分家。但我們還是兄弟，是血緣最親近的人。我將來，會是家主，註定我要護著英哥，護著你。」

林茂停了腳步，鬆了手，回轉過來看著紅了眼眶的林華。在他心裡，林華總是那個伸出細小胳臂求救的小孩子。

那個，他親自救下來的弟弟。沉默寡言又勤奮的病弱弟弟。

「你明白嗎？」他頭回有些嚴厲的問。

林華頭回在他面前流淚，哽咽不成語卻倔強的搖搖頭。

林茂有些受傷，抿緊了唇，「所以你誰都不要了？什麼叫做『割肉還母剃骨還父』？你伯父伯母不要了？叔叔嬸娘你不要了？祖父呢？祖父你也不要了？他們待你多好！你的家人難道只有父母?!」

在書房的廢紙簍撿出這張紙，林茂說不出有多傷心。他遞到林華面前質問，卻越問越生氣，兩三下撕個粉碎，他對著林華吼，「你不要是你的事！我絕對不會不要我的弟弟！」

林華哇的一聲哭出來。

林茂耐心等她哭完，才遞了帕子給她。立刻說服了祖父和父親，原本十五歲才去孔氏學院，提早了兩年，並且把林華打包一起帶走了。

林華的家人又不只有父母。他才不要把自己的弟弟留在家裡被人糟蹋。想都別想。

至此，三年有餘，林華終於完全承認了自己的身分，將前生三十年當成前塵舊夢。將眼前稚嫩的少年當作自己真正的哥哥，親兄弟。

每次都伸出手，將痛苦脆弱的他拉出來的，哥哥。

他不該讓哥哥失望。

一直惶恐如浮萍的林華，終於找到了定錨。

於是，林華跟著林茂進了孔氏學院，情緒相對穩定。

如果說林家族學是某某附屬國小國中高中一體系的貴族學校，孔氏學院就是名列前茅的貴族大學。林茂兄弟等於是跳級入學……但也不是憑關係就能入學。

首要當然是林茂入門試表現優異，林華雖然差強人意，入學資格還是附讀而已，不是正式學生。

這個附讀資格，還是憑藉對林家子弟的信心。

是的，林英也在此就讀，而且是山長最得意的關門弟子。十五歲就是京畿舉首，大燕朝至今也是稀有的少年俊才。

向來沉穩從容的林英，迎接林茂和林華時難掩激動。看向林華的眼神，又多了幾分複雜的歉疚。

林華還以為他親哥為了避嫌不怎麼喜歡他呢。相處久了他才深深感覺到他親哥的苦衷。

嗣子不易，當公主的嗣子更不容易。他不只是林家子弟了，還是宗法上的皇親國戚。他必須要比別人更出色，證明自己的價值。

先皇殘殺兄弟子孫，導致宗室凋零。皇上又只有太子一子，對諸公主更多有加恩。德光公主本應該是德光郡主，先皇幼子之女，皇上的親姪。

看似光彩耀人的身世，卻更為尷尬。因為他畢竟是嗣子不是公主親子。往來皆宗室權貴，他若想挺直脊背，不被視為贗品，就必須花十二萬分的苦心和努力。

對外已經非常艱辛不易，對內更是坎坷艱難。

幸好他生性堅毅。

但是再怎麼堅毅，再怎麼堅信當守禮法，又怎麼能不看重生母，看重親弟。生母的責難哭訴，真正是在他心底反覆的戳刀，鮮血淋漓。看著弟弟被娘親捧在手心呵疼，又怎麼不心酸嫉妒。

只是人都會長大，會懂事。然後對無能為力、過去的自己，會後悔，卻後悔也無用。

最歉疚的是病弱的弟弟。他嫡親親的弟弟。

看著愛哭愛笑的弟弟，眼中的光逐漸死寂，他居然沒看出不對，只顧著自己。

聽著林英感傷的懺悔，林華眼中掠過一絲不可思議，「……大哥，你十歲就搬進公主府吧？那時你才多大點啊？」他低頭仔細想了一遍，確定記憶中林小公子從來沒有怪過他哥，「我沒有，真的，你那時都還是小孩子。」

林英皺眉，「我是你哥。」他強調，「親哥。」

「是親哥哥。」林華心底慢慢柔軟起來，「但是你不是爹娘。你說得那是爹娘的責任，不是十歲哥哥的責任。」

他擺手不讓林英開口，「茂哥說過，我們這輩，只有兄弟三個。父母長輩都會過世，只有我們三個會相扶持一輩子。哥，你不只是公主府的孩子。」

林華握住他的手。林英面無表情，眼底卻掠過一絲柔軟的淚光。

「……茂弟說得是。」他的聲音略微沙啞，「你說得也很是。」

林茂很體貼的讓他們兄弟倆說悄悄話，也沒打聽他們倆說啥。只是嘆了口氣，「英哥就是心太細。早說開就早沒事了。」

「就是。」林華贊同，「在林家未來家主的英明領導下，一定會邁向團結光明的未來！我跟英哥能有啥事啊，您說是吧，少主大人？」

「呿！嘴越來越貧了你。」林茂哈哈大笑。

在林英的護航保駕之下，林茂和林華平順的融入孔氏學院。「林英的弟弟」這招牌的確好使。

像是要填補什麼遺憾似的，林英對兩個弟弟關懷備至，噓寒問暖……並且幫他們打架。

是的，就算是林英的弟弟也難免要被找麻煩。或者說，太耀眼的林英在某些人眼底就是招人恨的招牌。尤其是宗室子弟，更恨得厲害。

明明是個公主的假兒子，誰不知道他就是個假貨，裝模作樣的給自己貼金，魚眼睛也妄圖裝成珍珠。

把本公子（們）比得跟垃圾一樣。

林英武力值太高，動不得，難道還打不了他兩個兔兒爺似的弟弟麼？

……嗯，還真的打不了。只能說，孔氏學院比起林家族學實在太輕鬆。光體育課就絕對比不了。

最糟的是被兩個身量不足的小少年飽以鐵拳後，還要被他們武力高出一大截的哥再打一遍。

結果他們三個只被山長拎去不痛不癢的罵一頓，抄點書就沒事了。這讓人情何以堪。

這一年秋天，林華在兩個哥哥的惡補下，總算是通過了合格考，正式成為孔氏學院的學生，同時，林英的生辰也到了。

十五歲，曰束髮之年。

林茂和林華合送了一份生辰禮給他。

他們倆合畫了一幅「重陽行樂圖」，主角就是他們三個。

滿山楓紅，清俊少年們相談甚歡，臉上帶著薄醺的霞暈。年紀最大的那個少年，眼中帶著無比的溫柔和暖意，柔和了他原本過度冷靜的貴氣。與或和煦，或高冷的少年……如此和諧。

原來，我在他們眼中是這個樣子。

原來他們能懂。原來，我真的不只是公主府的公子。

原來，我們是林家兄弟。

林英眼睛一熱，眼淚差點滴了下來。

初進孔氏學院的時候是春天，當時林英就將兄弟三個的住處調在一起，鄰近的三間廂房……大小還比不得林府的茶水間，每個學生只能有個小廝伺候。

這就是為什麼許多紈褲子弟聽說要去學院寄讀都會臉色大變，在他們眼中那是地獄。

林華倒是覺得挺好的，原本他就覺得自己房間大得離譜，費火費炭的。現在的小套房目測二十坪還不帶浴室……學院的浴室是大澡堂，頗有東洋風，很稀奇。

家具簡單大方，該有的都有了，他沒有什麼不滿意。

反而最不能適應的是林茂。連林英都早早磨練，林華不需小廝就自己打理得窗明几淨，林茂費盡苦心還是將自己的住處弄得跟雞窩一樣。

最後是林華和林英幫忙打掃整理，幫他把被子抱出去晒什麼的。

幸好還有漿洗婆子，衣服有人洗，不然林茂可能邋遢的走不出屋子。

林茂很鬱悶。其實吧，林華「賢慧」他早就知道，這也是他的隱憂。林華任何部分都很爺們，包括一挑八的暴力……但是他弟有時候又有點「脂粉」。

是的，林華夏天會抹絲瓜水，冬天會抹羊油。天氣乾燥會上無色的口脂，洗過手必定會抹點護手霜。

他看過林華對著鏡子耐心的拔掉眉毛雜亂的部分。

而且，他弟還會縫補。拿起針來自然無比，還幫他補過袖子。

他很焦慮，但是他娘親聽到他的焦慮掩袖而笑，根本不當回事。他也知道他娘說得有道理，大燕流行唇紅齒白的美男子，這股歪風邪氣都得怪曾為探花的馮宰相。

但身為男子要肌雪顏花多不容易啊，難免需要一些輔助，比方胭脂什麼的……所以貴公子間傳粉塗脂也不是很稀奇。所以他弟只是區區保養，好像真沒什麼。

可林茂總覺得有什麼地方不對。他無比擔心自己的弟弟會長歪，這世道太壞了，總有人喜歡拐小男孩兒。他最清楚不過了，因為他常常被拐。

幸好林華夠有心眼，心夠黑，打人都不帶痕跡的，不然他操心得要憔悴了。

結果來到孔氏學院，得，他還來不及操心，就被生活技能滿點的林英和林華打擊得要沉船了。

「華哥兒就算了，」林茂很不甘願，「英哥你這麼能幹做什麼？」

林英矜貴的一笑，「人總要有遠慮的。我將來可能要去軍中，哪能像大爺事事等人動手？」

「軍中？」林華愣了一愣，「大哥，你不考進士了？」

「考啊。」林英又笑，「為什麼不考？先生說三年後我定可一試的。」

看兩個弟弟眼中充滿疑問，「軍中又不只是武將，還有文官啊。」

說來也是拜現在的皇上所賜。當年御駕親征，看起來非常不靠譜的君王守社稷，居然讓他成了，當初伴駕的馮宰相成了最得力的左右手，這竟成了軍中左武右文的例。

現在軍中必設左輔右弼，有一套完整的文官班子。主管參謀、後勤、情報等等。

以前的大將軍不是沒有參謀，只是淪為自聘的軍師，現在只是制度化了而已。

「我是公主之子，禮法上和宗室掛得上邊。宗室子弟參軍是被鼓勵的。」也就是說，有門路。「與其在京中苦熬，不如去軍中歷練。這還比外放強，外放落到哪裡還不知曉呢，在軍中歷練過的文官，將來進入兵部是跑不掉的。」

林英是很有想法的人。他很早就將自己的未來規劃好，而且一直往這目標努力。他的武力值雖然遠超同年人，但是想從軍……人脈一片空白，飽讀兵書也沒用，不過是紙上談兵。而且比起武力，他在讀書上更有天賦。

在志願和天賦，父母的期望和他的理想，他並沒有做出取捨，而是乾脆合在一起。

年輕的時候在戰場上奉獻心力，中年以後可以退下來繼續在朝廷上為國效勞，什麼都不會耽誤。

林華被驚呆了。他親哥才十五歲，已經將五十歲前的生涯規劃完了……而且看起來挺靠譜的。

……前世我十五歲時在幹嘛呢？好像，國三，正在鬧脾氣不想讀書吧……

「英哥原來想走這條路啊。」林茂點點頭，「我是想跳過翰林院，直接外放了。咱爹咱叔叔們有機會登閣拜相，我也擠在京中妨人誤己做啥？不如在地方累積經驗。我也就算學還行，在翰林院出不了頭，直接去戶部也是白瞎，總得先去地方學學才不會被人矇騙對不？」

……前世我十三歲時，剛上國一的樣子。那時我還在追新番……

林華看著這兩個討論仕途熱火朝天的哥哥，突然很惘然。

大家都這麼有理想，他才剛剛把四書五經粗粗讀完。

林華突然有重大危機感。

當一名林家子弟竟是這樣不容易。

「未來生涯規劃」這個大哉問，在孔氏學院讀滿三年，並且考上秀才，十五歲的林華還是沒有答案。

拜林家的優良基因所賜，他這三年簡直像是被上帝摸了頭，徹底開竅了。讀文言文比白話文還容易，並且新得到「過目不忘」技能。最少他前生也是活到三十歲，邏輯（或說瞎掰）的能力很強，學問不夠邏輯來湊，策論也是挺能唬人的。

琴棋書畫這類貴族（裝逼）技能也獲得開發，意外發現自己還頗有點音樂天賦，各種樂器學起來毫不費力。

……前世怎麼沒發現呢？喔，對，他前世還會吹塤※。是自學的，但是在公寓吹塤只會挨罵，好不好聽他也不知道。

畢竟沒有那個環境。

不過他彈古琴居多，很少吹塤。因為每次總是引得聽眾號啕大哭，不太好意思。據說「能引秋風愁，春雨悲」，他覺得太誇張了，不過就是有點心酸罷了。

至於君子六藝，他覺得還行，最喜歡射箭，大約十中六七，力氣夠準頭不夠。更開心的是學會駕馬車了……不要笑，這真的是君子必備技能。比方說替大儒或師長趕馬車是最高禮儀，他們這種詩書傳家的公子絕對要會的。

讓他微感吃驚的是，他自以為數學很好，在孔氏學院也只是中等偏上……畢竟他前世活到三十歲，數學差不多都還老師了，現在從頭學起……連只比他大一歲的林茂都遠遠壓他不只一頭，讓他都有些不自信了。

所以和他同年考秀才的林茂是榜首，他也只考了個六十七名。

林華有些發愁，到現在他還是不知道他能幹嘛。難道他要去當音樂家？大燕沒有這個職業。勉強靠到邊的叫做狂士。不說老太爺這房沒出過狂士，在林氏家族也是墊底的行業……真是令人發愁。

林老太爺聽著少年林華的煩惱，滿懷欣慰。這孩子耽誤了幾年，本心也不愛讀書，他其實知道。只是這孩子卻沒任性，反而耐著性子攻讀，會焦慮，會向哥哥們看齊，把家族放在心裡。

其實這樣就夠了。

※塤：音同「宣」。中國古代的一種吹奏樂器，類似陶笛，但沒有陶笛的哨口。塤的音域依大小而不同，現代的音孔增加到八至十一，演奏者可轉動塤以改變音調。

賢明的家長其實不要求孩子有優異到逆天的成就，只希望他們能保持奮發的精神，竭盡所能，那就可以了。

「如果不知道要做什麼，那就繼續考下去吧。」林老太爺和藹的說，「一個喜歡鼓樂的進士，總比喜歡鼓樂的白身讓人順眼得多。」他有些促狹，「王侯彈琴曰陽春白雪，小販彈琴曰下里巴人。」

林華笑了，「是。」

林老太爺滿意的點點頭，「你也十五了。」

林華的笑僵住，「……功未成名未就，孫兒暫不考慮娶妻之事。」

老太爺嘆氣。這孩子，還是沒緩過來。

自從十二歲那年出事兒，林華就跟林茂赴孔氏學院讀書，只有逢年過節才回來。那時起林華身邊就絕對不用丫頭了。結果林華返家，總會偶遇「碰巧」來探望簡氏的表姊妹。

自從那年端午節一個簡家的表妹在林華面前落水，他就只有過年才會回家……總不會有外人跑來林家過年。而且，一定住在林茂的院子裡，死活都不進內宅，晨昏定省也非拖著林茂不可。

看著小孫子越來越面無表情，越來越高冷……老太爺只能捂著額角發頭疼。別的少年在「知好色則慕少艾」，連潔身自好的茂哥兒看到少女都會臉紅。他家小孫子試圖用冰寒目光凍死靠近他三尺的所有人。

這可如何是好。

就不明白了，兒媳婦為何這樣想不開。所有的男孩子早則七、八歲，最遲也是十歲便交給祖父、父親教養，往往只有晨昏定省才與母親見面。為何二兒媳希望所有孩子都依依在膝下。

又不是閨女。林家幾代沒有生出閨女他也很傷心啊。老太爺愴然的想。

幸好不是閨女，林華慶幸的想。他還是頭回高興自己性轉了。

如果依舊是女孩然後靠著簡氏討生活……光想想就不寒而慄。這個便宜娘百分之兩百會坑閨女。

看她出的什麼爛主意，居然唆使姪女在林華面前落水。想也知道她若有閨女絕對也會為了「嫁個好人家」同樣來這招。

他當場超級沒良心的轉身就跑。

別鬧了，滿池邊的丫頭婆子，總不能沒有一個會水吧？家裡那個荷花池他能不知道嗎？岸邊很淺，及腰而已，站起來就行了。總不能一路掙扎到深水區吧？

最重要的是，林華不會游泳。就他所知，像他們這樣的大家公子，也沒幾個會水的。為什麼小姐們會覺得落水就能得償所願？首先，先確定任務目標會不會游泳吧……

這個情報力，嘖嘖。

到如今，林華沒有原本那麼抗拒娶妻的問題。

實在是青春期最旺盛的十五歲，他有些扛不住荷爾蒙的問題了。

這些年堅持打沙包，不只是打人打得很順手，原本病弱的體質也在得宜的飲食與運動中徹底改善。此時他約莫有一百七十幾左右，依舊很瘦，脫了衣服才知道是標準蠅量級拳擊手的身材，結實矯健，像頭漂亮的豹子。

所謂穿衣顯瘦脫衣有肉。比例勻稱，顯得腰很細，可腹肌人魚線一樣都沒有缺。可身體太健康，就會有性成熟的問題。一旦沒有獲得滿足（也不可能獲得滿足），他的脾氣就會越來越暴躁，所謂「血氣方剛」。

加強運動把自己累趴會有一定程度的改善，卻不能完全改善。

……難怪大燕朝越是好人家的公子就越早婚。

他曾經想過要不要這麼幹。現在他將自己視為雙性人。或許……

結果沒有或許。

林英果然是他親哥，隱約知道他的煩惱，已婚的他還是爆紅著臉，設法幫他安排了一個清倌兒。

林華站在門口給自己心理建設了兩刻鐘，打開門看到那個楚楚可憐的清倌兒……火速關門轉身離開。

不要說把自己的手指伸到別人的鼻孔……光把手伸出去都不可能。

他快哭了。這種事情無法跟任何人商量。

最後是他另一個哥林茂知曉了，支支吾吾蜿蜒隱約的跟他談了半天，咬牙告訴他，可以自己解決。說完立刻奪門而逃。

林華真的哭了。

久違的，他又想要立馬就死。性轉果然是人生絕對不可承受之輕。

最後他還是硬著頭皮嘗試了。然後他發現，終究還是只能挖自己的鼻孔。

這輩子他恐怕只能娶自己的左手了。

其實娶自己的左手沒那麼糟。

因為他自我排解後，進入了一個玄妙的「賢者時間」。

（或說聖人狀態）

當欲望獲得適當的紓解，所有囂鬧的躁動都平靜了，整個人完全聖潔起來，會有段身心昇華的時間。

這對飽受荷爾蒙之苦的林華來說完全是救贖。

原來男人這樣不容易。他暗暗的感慨。

他上輩子也當過少女，感受過青春期的威力。但是跟這輩子的驚濤駭浪比起來……少女時代的性衝動根本是毛毛雨好嗎？而且從來沒有「挖過自己鼻孔」。

呃，總之，他前世當女人也不是小白兔……這方面，他覺得當男人很吃虧。腦袋空白的那一哆嗦，有點沒深度啊。

那為什麼男人會那麼耽溺？他心底湧起疑雲。

或許是所有男人都沒有當女人的經驗，無從比較。或許是，林華沒有親自滾床單，所以體會不了？

應該是後者吧。林華對自己點點頭。但是他並不想勉強自己。荷爾蒙問題得到解決就好。

原本因為自己的體驗，所以他對男人的容忍度提高了一點點。

他一直在讀「男校」，也理解了大燕的風土民情。所以對種馬文產生了無比的狐疑，真不知道那些主角上哪遇到那麼多女人。

實話說吧，紅樓夢並不是瞎扯，大燕也就是風氣開放些的紅樓夢設定。賈寶玉在內帷廝混那麼多年讓他搞上手的只有一個襲人，大燕的少年公子真能上手誰啊？

宗室勳貴就不提了，不是林華他們圈子的。他們這些標榜詩書傳家、有教養的公子，婚前通常都要求記錄清白，偷偷摸上手的也只是侍婢。通房是婚後才能設的好嗎？而且要老婆願意啊。

公子們總是想辦法在十六、七歲就娶妻，若是拖過年紀，通常都是找個清倌人解決，銀貨兩訖，在家找丫頭的那會招人笑話，好人家都不願意要這樣沒規矩的女婿。

——所以林華他便宜娘是特別奇葩的那一個。終究是簡家內帷太過混亂的緣故。

至於其他家的小姐……別傻了。排除簡家表姊妹那群奇葩，林茂的親表姊妹根本難得一見，更不可能和林華碰頭。頂多就是在各種宴各種會，大家都知曉實際就是群體相親大會，隔了幾丈遠的相互瞧瞧……臉都未必能瞧得清楚呢。不過這是相親，互相看看沒什麼好嗎？

再說，真的知書達禮的小姐，就算看對眼也不會公開表示愛意，圍著人表現清純善良精靈古怪各種美好吧？去青樓要求這種待遇比較不違和。

所以種馬文主角先收穫丫頭半打，千金若干，公主一二……然後可以坐擁群美，沒被皇帝王爺達官貴人的諸父兄滅成渣渣實在很不科學。

林華承認，他到大燕幾年，除了簡家那群奇葩，他就沒見過幾個千金小姐。至於親近得能相對而坐的，零。

他並不是特例，同樣的士子圈子，幾乎都是這樣的。

所以這些青春期少年，幾乎都生活在沒有異性的男校（書院），發展點特定環境裡的同性情誼真沒什麼……上輩子他讀女校也有這樣的「情侶」，大概就類似什麼青春的傷痕，畢業長大就沒事兒了。

前提是，別煩他。書都讀不完了。

可惜這個前提老是被干擾。所以他也總是不得不亮出拳頭，暴虐的讓他們清醒清醒。

原以為，雖然武力值夠突出，但不夠學霸，綜合實力不夠強，所以才有那些覺得他很弱的追求者前仆後繼。

現在他考上了秀才，雖然名次不夠前，終歸是京畿秀才，綜合實力來說，夠強了吧？比他好看許多的茂哥早沒這種困擾了。

可在大肆慶賀，榮歸學院的第一天，就給了他個震撼教育。

跟他同窗三載，毗鄰而居、算得上好友的鄭學，趁他換衣服的時候，從背後緊緊的抱住他，有個硬梆梆的玩意兒頂著他屁股。

怒火傾刻燒斷了他的神經。原本稍微放寬的體諒立馬焚成一堆灰。出手卸了他的手腕，一個過肩摔讓鄭學和大地來個第一次親密接觸，要不是鄭學嚎得聲聞三里引人來阻止，林華可能踹壞了他什麼東西。

他散發寒氣的幫鄭學正回手腕，然後不屑一顧的回頭，前去找先生換宿舍。

至於鄭學情深意重的告白壓根就沒聽見半個字。

林華也知道，他反應太過了。瞧瞧紅樓夢裡的賈寶玉和秦鍾，瞧瞧賈家族學。孔氏學院可純潔太多了，這類情誼很少，最多就是擁抱親吻，互相用手紓解之類，不會真刀實槍幹些什麼……

但他就是覺得被褻瀆了。

他的心房重鎖重重。能走得進來的只有老太爺和兩個哥哥。原本，鄭學也有鑰匙。可是他卻毀滅了林華的信任。

等他好不容易冷靜下來，細細思索，心底卻是冰涼一片。

他對男人一點感覺也沒有。

其實是性轉以後他才破除了單個性別的侷限，更客觀冷靜的看待情欲這回事。未經風月之前，肉體相偎都會勾起本能反應。因為經歷太少，還太敏感，沒有足夠的理智，所以少年時最容易失足。

在猝不及防之際，理應是異性戀的他，對並沒有惡感的鄭學除了憤怒和污穢，居然沒有本能的任何悸動。

他突然有種說不出來的惶恐和疲憊。

林華也是人，他也會有情感的需求。對女性，他是身心雙重排斥。嘴裡嚷嚷著只能娶自己的左手……事實上他也不真的這麼打算。

但是，男性。

他將全學院最優秀最漂亮的男生想了一輪，發現沒半個能引起哪怕一絲半點的戀慕。

怎麼會這樣呢？

那、那他自我排解時候的性幻想是誰……？

沒有。他什麼也沒想！只想把這股討厭的躁動發洩出來，單純的感官刺激！

林茂看著飽受打擊，還穿著單衣發愣的華哥兒，心裡說不出的難受。

男風這種歪風邪氣太壞了！看把他們家華哥兒打擊成什麼樣子!!就算華哥兒比較陰柔，有時候也會錯覺成妹妹……咳咳，那終歸是他弟弟！他林茂唯一的弟弟！

……就林家那可怕的生育率大概也出不了第二個弟弟了。

「華哥兒。」猶豫了半晌，林茂還是叫了。

不管多少年，聽到這名字都沒辦法不彆扭。求別叫內衣品牌！

「……阿兄。」林華有氣無力的應聲。

直到林茂詫異的看著他，他才驚覺自己說了什麼。多少年沒出過的鄉音，他都快忘記的閩南語。

眼淚幾乎奪眶而出。

「別哭別哭，哭了就膿包了！」林茂慌了，攬著林華，拍著背哄著，「男子漢大丈夫，不興哭哭啼啼……行了，不就是被抱了一下，不少哪塊肉……」他壓低聲音，「哥讓那混帳沒處好皮肉了……」

這惡霸口吻。林華破涕而笑。

看他笑了，林茂才暗暗鬆口氣，遞了杯水給他，很嚴肅的教育，「你揍他是對的。有的壞人就是仗著自己年紀大專愛勾引小公子，那可不成。最少你也得長大到自己能決定喜歡什麼人才行……」

聽了半天，林華才恍然大悟。

他這哥真是……非常擅長誘導。表面是不反對耽美，暗地裡卻把耽美抹黑成惡性誘拐。瞧瞧這語言藝術，嘖嘖。既不會激起弟弟的逆反和中二，又能小心的導正。

腹黑的這樣用心良苦。

「萬一我兩者都討厭呢。」林華半開玩笑的問，「既討厭男人，又討厭女人。」

林茂暗暗握拳。都怪林華他娘，都怪這股莫名其妙的男風。

「沒事。」林茂若無其事的說，「多少名士梅妻鶴子，一生閒逸。大丈夫生於世又不只有那點私情小愛的追求。私情小愛，終歸是機緣，沒有就算了。」總會有的時候嘛，沒有哥也給你製造到有。

不只有那一點追求。

林華覺得新世界的大門因此打開，整個開闊了。

頓悟，並且明悟。

因此他一生無比感激二哥，並且引為此生知己。

……事實上只是他二哥又一次用心良苦的腹黑誘導，而且沒有成功。

有時候人生就是需要那一點頓悟。

林華很慶幸，在他茫然時，茂哥都會伸出援手。這次更給他震聾發聵的感覺。

沒有情愛的機緣會怎樣？

事實上，不會怎麼樣。這世上多少人一輩子沒有情愛，依舊不妨礙他們一生多采多姿，對世界有卓越貢獻。

譬如說，玄奘大師。譬如說，德蕾莎修女。

譬如說，真正梅妻鶴子的詩人林逋※。

他們都沒有結婚，但依舊活出精彩。

林華感覺到自己放下一個不必要的千鈞重擔，一整個輕鬆下來。一直緊繃著的冰山臉，罕有的，對著蔚藍的晴空，露出一個純淨的笑。

退一步海闊天空。

他在家裡的笑容比以前多了。行事也比以前瀟灑隨心……比方說肆無忌憚的保養面容，親手畫服裝稿指定要穿什麼樣的服裝。

愛打扮又如何？這時代對男子異常寬容。

這是個最好的時代，他生在最好的家庭。只要他愛惜家族顏面，家裡長輩對他最大的要求就是別作姦犯科。

這年秋天，他和林茂算是正式結業，原本打算結伴遊學，只要考舉人前回來就可以了。

林華深思熟慮後，卻決定讓林茂跟同窗出去遊學，他要待在家裡備考。

因為，這年秋天，林英考上了進士，如他性格般，優秀而不張揚的，恰恰好考在第五名。也如他所願的，將往華州任將軍府的幕士，一個軍中的文官。

翻年開春就要帶新婚妻子去華州赴任了。

如果林華也走了，林家長輩膝前就真的荒涼了。

官宦子弟如候鳥，越有出息就會飛得更遠。往往只有父母長輩留守空巢。

所以他要留下。

畢竟林華並沒有遠大志向，兩個哥哥卻有凌天之志。那麼，他在家守灶，讓他們沒有後顧之憂不是應該的嗎？

因為他發現，老太爺真的老了，精神短很多，說話說長了就會打瞌睡。一直都是頂樑柱的大伯，鬢角也有銀絲了。帥破地平線的三叔，眼尾添了幾條紋痕。

林華對長輩們懷有很深的感情。為身為林家子弟感到驕傲。

他知道，兩個哥哥最不捨的，就是家裡人。

※林逋，北宋詩人，字君復，仁宗賜諡「和靖先生」。出生於儒學世家，恬淡好古，隱居於西湖孤山，終身未娶，與梅花、仙鶴作伴，稱為「梅妻鶴子」。善詩，其詞澄淡峭特，多奇句，大都反映隱居生活，描寫梅花尤其入神。蘇軾高度讚揚林逋之詩、書及人品。

所以他將自己的未來也規劃好了。

林華不是個很愛讀書的人，底蘊終究還是淺了。他自覺舉人應該沒問題，名次也沒什麼追求。但是足以進翰林院的進士資格，就需要在這六年好好的苦讀。

是，他想進翰林院。只要考得不是太離譜，名次就有可能是探花。馮宰相進已經標示了一個明確的道路，他跟著走就行了。

雖然不是肌雪顏花的馮知事郎，好歹也是風采得宜的林知事郎吧。林華肯定，他的屬性必定有對某些群眾有高到詭異的魅力值存在，不然沒辦法解釋那些莫名其妙的爛桃花……

呸呸離題了。他的意思是說，能當個知事郎在翰林院熬資歷就成了。事少錢多離家近，家裡長輩有個頭疼腦熱的也有子侄輩在跟前服侍，哥哥們在外任也不會太擔心。

他欠哥哥們太多。尤其欠二哥林茂特別多。

這些是他該做，而且是樂意做的。

林茂看著坦然的弟弟，目光複雜。

從十歲到現在六年有餘，他和林華不曾須臾或離。他沒想過要撇下林華獨自去遊學。

驟然要分開，突然覺得有點寂寞。

很想勸他，還是走吧。身為世家子弟，或許只有遊學那幾年才是真正自由的時光。尤其是你的人生規劃，恐怕一輩子都是京官。此時不走更待何時？

但是林茂沒有開口。

因為，他比任何人都了解林華，就有如林華了解他一般。血緣上，林華是林英的親弟弟，感情上，林華才是他的親弟弟。

林華一定是都想通透了。

「你長大了。」林茂感到安慰，和些許酸澀。那個病弱呼救只有一把骨頭的小小孩已然長成，猶然有些單薄的肩膀，已經預備挑起重擔。

「你才大我一歲。」林華沒好氣，「別這麼提早就老懷欣慰。」

「……你讓我多感動一會兒能死嗎？」

送走了林茂，翻年開春送走了林英。

林華消沉了幾天，徹底的感受到孤獨。

「傷別離」並不只有存在於愛情之中。親情的別離也是痛中之痛。

不過他很快就振作起來。

一方面要備考，另一方面，他開始幫伯娘大伯打理家中庶務。嗯，就跟紅樓夢裡的賈璉一樣。

賈璉是個怎樣的人暫且不論，事實上每個家族都需要這樣一個庶務總管……將所有事情都推給下人去做，紅樓夢已經完整示範榮國府是怎麼飛速衰落了。

以前是三叔幫著大伯處理庶務。只是公主府也一大攤事情，三叔本身是官身，忙不過來，大伯早已經擔起大半。

理論上，應該是行二的古龍爹襄助大伯。但是古龍爹連擺平自己的豐富感情生活都辦不到了，別奢望其他。

將來林茂若是成為家主，林華就會輔助他。現在不過是提早實習罷了。

大伯沒說什麼，只是老實不客氣的將他鍛鍊起來。所以林華每天忙得跟陀螺一樣。除了自己的功課，邢夫子終於將完整的分筋錯骨手復原，並且還教了他內功心法。

……沒想到，真有內功這回事。只是他都十六歲了，學內功會不會太晚了……？

「如果要當武林高手的確太晚。」邢夫子撇撇嘴，「但是想健身延年，那是什麼時候開始學都不會太晚。」

所以他還得擠時間練習內功心法，每天必打的沙包還是沒能放下。

精明的伯娘能夠將鋪子田產的帳管好，但是外頭跑腿巡查還是得男人去做……於是這就成了他的工作之一。大伯在大理寺的事也需要人打雜，有些不那麼要緊卻得出席的交際應酬也交到他手裡。

忙得快發瘋，身邊帶著兩個讀書識字會打算盤的秘書……小廝，完全想不起來什麼風花雪月，他最大的樂趣就是躺下來睡死過去。

不消半年，他跟過去的同窗就產生了巨大的距離，開始有點格格不入了。

林華恍然，這大概是「去家族企業任職」和「依舊在大學讀書」的那種差距。

依舊是冰山臉，依舊不愛笑。但是同儕耍著狂傲酷霸跩自以為很了不起事實上很幼稚時，林華會淡淡的想，「咱不跟中二一般見識。」

現在他已經能夠很淡然的應邀去勾欄，身邊倚著姑娘也能淡定處之。

甚至，流仙樓的花魁孫六娘還是他的「紅粉知己」。每個月有一兩天會去聽孫六娘彈琴。

雖然沒人相信，總是語帶曖昧的調侃，林華也沒有分辯，只是笑而不語。

何必分辯呢？讓人以為他也會留戀女人多好，起碼以前那些爛桃花消失了大半。

而且孫六娘的琴真的彈得很不錯，言語風趣，在忙碌生活中他偶爾也想稍微休息休息。

他對性工作者沒有任何歧視。這倒不是他想在大燕朝宣揚人人平等。也許，這就是他不合時宜的部分吧。前世還是女人的時候，就覺得性工作者也沒什麼，有需求才有供給嘛。那時真心覺得，男人願意找性工作者解決需求，遠比騙小女孩感情，以男女朋友這塊遮羞布，掩蓋想白嫖的事實……來得強。

只要將防護工作做到位了，性交易真的沒啥。

來到大燕朝，他的想法也沒有改變。每次聽到人說「婊子無情」，他就想笑。銀貨兩訖的事情居然上升到愛情……哈哈。當面捧著紅牌，背後輕蔑的說賤人，他也想笑。

那找賤人睡覺的人又是什麼呢？

林華終究還是差真正的男人一點兒，所以他不懂。

他和孫六娘相處得挺好。身邊都是男人也是很煩的事情，偶爾也想有個能說話的朋友吧？很可惜他還是不認識哪個千金小姐，只能付費聽音樂。

雖然他琴彈得比孫六娘好，不過也不要太挑剔了。

林華最感激的就是家庭對他的無限包容。

家裡人都知道他在流仙樓有個紅粉知己，只有大伯找他談過一次話，說凡事太過即為耽溺，少年人不可不慎。他虛心受教，然後大伯就不再說什麼了。

其實最初的忙亂已經過去，現在已然遊刃有餘。唯一還是擺不平的，依舊是他的便宜娘。

他家古龍爹，終於出大事了。他找真愛找到某個郡王未婚妻身上。

真該感激皇恩浩蕩，整件事都死死瞞下，只將古龍爹貶去嶺南吃荔枝，直接拆了這對真愛。

不然可是三家倒楣：郡王府、郡王未婚妻家，還有一直被瞞在鼓裡的林家。

到時候林家損失會最重，祖父孫三代名聲一朝全毀，仕途全滅。幸好皇上對他們林家還算滿意，有愛才之心，及時阻止了這對野鴛鴦。

所以說，私奔須謹慎。

幸好林家人心性穩得住，老太爺只吞了顆救心丹就撐過去了，到是林華好些天沒臉見人。

但是便宜娘就幾乎把臻園拆了，投水上吊服毒全鬧過一圈。

林華忍無可忍的問她想怎麼樣，便宜娘說讓古龍爹回京她就不鬧了。

「這不可能，」林華斷然回絕，「我不是上帝……皇帝。要不這樣吧，爹在嶺南也需要人照顧。」

快去吧快去吧，到那兒不但能當縣令夫人，而且此時古龍爹沒有真愛，妥妥的唯一。況且嶺南好多荔枝可以吃。

便宜娘暈倒了。之後絕口不提古龍爹，只是大罵林華忤逆不孝。

原來真愛也就這點兒份量，見識了。

跟便宜娘交鋒總是心力交瘁。

林華回房疲憊的想了很久。最後他取出一張紙，畫了T字表，仔仔細細的將能忍和不能忍受簡氏的原因列完，他決定當個不孝子。

孝道不應該是那樣盲目並且不可理喻的東西。不應該成為父母情感勒索子女的玩意兒。

最少他念了這麼些年書沒有告訴他這些。他該慶幸大燕朝還沒有演化到那麼僵硬死板的愚孝。

先生教導他的是，父慈，所以子孝。因為父母盡心盡力的付出了，所以子女才會滿懷感情的回報。

像是老太爺，像是大伯，伯娘。他們慈愛的對他，所以他才滿懷感激的回報，願意付出最真誠的孝道，並且以身為林家子弟為傲。而不是被輿論和禮教壓制，滿腔怨忿和無奈的強迫自己「孝順」。

不，其實不用到老太爺他們的程度。哪怕像德光公主那樣雖然疏離但有禮，照顧彼此顏面，他都願意看在林小公子的份上回報。

誰要責備他，那就來吧。坦白說，子女不能選擇父母是很大的悲哀。但是每個當父母的卻能夠選擇要不要子女和如何對待子女。

這真是天大的不公平。

林華長長的舒出一口氣。兩世的心結解於一旦。不管前世的暴牙女，還是此世的病罐子，他對父母都抱持著渴愛又求不得的傷心。割捨不了，又親近不得。兩世父母都吊著這一點親情耍他。

行了，沒事。放下一點都不難好嗎？只要沒有心，物質的奉養非常簡單。

林華非常無情的將簡氏拋諸腦後，什麼時候該送些什麼，完全交給他兩個秘書小廝去打理，他從來不管。晨昏定省嘛，沒時間。他總該把老太爺放在第一位，是吧？便宜娘不是很愛養病嗎？當兒子的不打擾是應該的。

找我？跟我的小廝報備吧。有什麼能辦的當下就辦了，不能辦的等我有空處理吧。

這一拉開距離，林華立馬愉快許多。

老太爺和大伯都是男人，對內宅事粗心，所以沒發現林華的忤逆不孝。伯娘倒是發現了，林大夫人可不是尋常婦人，可以說，很有自己的見解。所以她並沒有勸解林華，反過來幫他做了不少遮掩。

瞧吧，當林家子弟挺不錯的。至於那對糟心的父母，只能是白玉微瑕。人活在世界上哪能不遇到幾個人渣。

因為這點默契，林華投桃報李，一改以往有些消極的態度，幫著大伯娘嫁妝裡的車馬行和鏢局合併成物流業，利潤真是噌噌噌的往上疊加。

其實林華也不是特別厲害，只是前世在便利商店打過幾年工，稍微有點了解。可能是林小公子本身智商太高，林華腦袋也異常靈光，以前轉不過彎的腦子，現在能飛快的琢磨過來，於是古今結合的物流業就這麼堂堂上市了。

大伯娘沒有虧待他，給了他一份豐厚的紅利。所以他的私房錢很豐厚，還能幫紅粉知己孫六娘一把。

在他的支持下，已經二十歲的孫六娘成功贖身，開了家「絕弦坊」。說白了就是大燕朝的「音樂咖啡館」，樂師技藝高超，可不是男的就是年紀老大了，不提供情色服務，不提供餐點，格調非常高雅……價格也突破天際的高雅。

座位少得可憐，一天只有十桌，預約制。臨時上門的恕不招待。

看起來會賠得山窮水盡才對，誰知道開門之後賺進金山銀海。

林華倒不覺得有什麼，市場需求而已。滿京城居然找不到一個純聽音樂的地方，天理何在。大燕發展至今，早已盛開出華美的文化之花，什麼花樣都有了，感官早刺激疲了……居然沒有發展出音樂廳？

明明照教養來說，早已經培養出非常高雅的音樂素養了。

讓他去搞個小巨蛋不現實，但是做個音樂咖啡館不困難吧？而且，音樂家除了天賦，也需要歲月的沉澱累積。他最可惜的就是勾欄培養出許多擅長音樂的女子，在她們樂技開始成熟時，就因為年紀大了被刷下來……簡直暴殄天物。

有天賦並且熱愛音樂的人，任誰都該給她們一個機會。

絕弦，取自於「伯牙絕弦」。知音難尋，尋著之前並不絕弦。

林華也會邀請名士文人上台演奏，偶爾心情到位他也不吝獻藝。倒是將這股音樂風炒上去了，林華獨奏的消息一傳出去，當天的預約就異常火爆，連站位都有人買。

他成功的在十七歲的年紀就佔了個「名士」的名頭。就算考不上舉人也在林家有立足之地了。

不怎麼愛出門的老太爺過來幾次就上癮了，林華特別設了個包廂給老太爺。大伯想招待朋友，還得跟老太爺先打招呼。

雖然跟風極盛，京城也新開了好幾家類似的「音樂餐廳」，但要做到這樣杜絕風月，高格調，純粹用音樂裝逼的所在，絕弦坊真是僅此一家別無分號。

至於爛桃花因此增加，林華的心態已經放得很平和了。

平平都是十七歲，別的少年臉孔已經開始有稜角，往陽剛努力發展了。可林華呢？他依舊線條柔和，幼年病弱的體質，就算調養過來，還是顯得太瘦。那面貌，說好聽是秀氣，不好聽就是雌雄莫辨，陰柔。

別人變聲期之後，嗓子是男人的粗啞。林華變聲期之後，聲音宛如琴弦一抹，令人心顫。

而且他勤於保養，皮膚特別的好，撫琴時指若白玉。穿得特別合宜，更能襯托他如謫仙般的風姿。

——事實上，他只是cosplay最喜歡的梅宗主而已。說起來他不喜歡《琅琊榜》，卻超級喜歡梅宗主啊……

咳咳。

反正他什麼都沒做，爛桃花還是多如狗。為何要為爛桃花把自己整醜呢？多暴殄天物啊。

還別說，裝逼真挺有快感的。當冰山看爛桃花撞得頭破血流滿有趣的。

如果說，冰山臉散冷氣還不足以逼退，他練了這些年的內功和拳擊也不是當擺設。閒來無事動動筋骨，挺好。

十七歲的林華覺得自己很圓滿。

仔細想想，真沒什麼不圓滿的。

家世智商情商不說了，連練著玩的內功都進度神速。練兩年抵人家苦練十年，邢夫子都嘖嘖稱奇。

若不是性轉，這根本妥妥的男主角標準配備啊。

人生難求十全十美，林華很淡定。

只是他怎麼都沒想到，一直以強身健體為目標練的內功，居然會被他拿來將某個畜生的命根子踹成九十度……真沒想到內功能辦到這種事，實在太神奇了。

話說從頭。林華十七歲的秋天，突然冒出一樁大八卦，導致鄭姚兩府對立到要火拚了。

明面上的消息是，鄭家公子因細故將姚家公子折辱至重傷，姚家公子不堪其辱懸梁自盡。私底下還有些含含糊糊不大好聽的傳聞，畢竟鄭家公子是個男女通吃的貨色。

真正的事實還是孫六娘告訴他的，畢竟出身風塵的孫六娘擁有隱諱而發達的人脈消息。

事實上，鄭家那個畜生和姚公子還是打小認識的朋友，誰知道鄭畜生什麼時候盯上了姚公子，居然在姚公子定親前夕將他騙出，然後拘禁虐待凌辱啪啪啪……

標準BL虐戀情深情節，如果是小說還可以涼涼說句不就是「想掰彎結果掰斷」了嗎？小受太矯情之類……最可能的結局就是渣攻幾句情話兩滴不值錢的眼淚，小受就發賤的原諒他並且愛上他了。

很可惜，這是大燕朝不是小說世界。拚死命逃回家的姚公子血淚交織的告知父母，家人狂怒，卻勸他忍氣吞聲。

他忍不下這口氣，上吊了。用生命抗議這個可怕的世界。

聽完，林華呵呵了。

原來沒有什麼「性別問題」，向來只有「強弱問題」。也沒有什麼「父權社會」，一直都是「強權社會」。

你以為只有女人被強暴了需要忍氣吞聲嗎？男人被強暴也是相同好嗎？跟性別的關係很小，不過是，人類可笑的劣根性，強凌弱罷了。

大燕朝很會玩，瞧他性轉後大把的爛桃花就明白了。照林華看來，絕大部分都是雙性戀，單純的同性戀少得可憐。

他不明白，但是他會觀察歸納。大燕朝的攻君和受君，地位嚴重的不平等。攻君明目張膽玩的是戲子，是小倌兒，良家百姓已經是頂天了……但是絕對不怕人知道，甚至引以自豪。

從來沒有一個世家子弟敢承認自己是受君。雌伏於男人身下是任何家族子弟都不敢承擔的惡名，舉族蒙羞。

這就是那些畜生膽敢引誘，甚至是強迫比他們體弱年幼的所謂「朋友」、「同窗」，甚至是「親人」還肆無忌憚的緣故。

跟女人一樣，受君被辱也不敢聲張。

未必完全是因為情欲，而是能征服摧毀另一個男人的人生讓他們產生無可自拔的快感與優越感。

好似在上面就高人一等似的。既陰暗又污穢的卑劣。

林華發出一串冷笑。

他明白這跟自己一點關係也沒有。他夠強，而且有超乎一般人的警戒心，再多爛桃花都有信心暴力擺平。

但他還是怒火高熾，燒得心裡非常難受。

憑什麼呢？這些垃圾憑什麼糟蹋別人的尊嚴和人生？就憑一根無時無刻都能翹起來的禍根子嗎？

那有什麼了不起？我也有。多那二兩肉沒有高貴到哪去。

林華並沒有被怒火沖昏頭。他很清楚夠聰明就不要跟著攪和。

……但是那種識時務的聰明和智商未必能劃上等號。

姚公子都懸梁自盡了，姚家必定會將消息封殺。為什麼還會流傳出這樣的醜聞？

想必在上吊之前，姚公子已經都打算好了吧……

林華聽到了他無聲的悲痛吶喊。

他霜寒的看著孫六娘，「能夠弄到鄭小畜生的行蹤嗎？」

孫六娘怔怔的看著林華，緩緩睜大了美麗的眼睛。

她的用意並不是讓主子去赴險。而是……姚公子臨終前寫下四份血書，卻只有一份流傳於市井之間，其他三份都毫無聲影。姚家寧願私了，寧願在朝堂上用毫不相干的名義和鄭家死磕，卻不曾告官。

至今那畜生依舊逍遙的欺男霸女。

她看過了那封血書，卻，什麼也辦不到。她能做的不過是讓更多人知道真相。

孫六娘顫顫說了那封血書和她的想法，林華點點頭，果然如此。

「把行蹤給我。」他想了想，「別勉強，注意安全。」

其實她早就知道了吧？為什麼這麼信服，為什麼主子說，「跟我走」，她拋棄錦衣玉食的生活就跟他走。

明明知道，他對她沒有任何情意。不，應該說，對任何人都沒有情意。

但他很溫暖。

他的心很軟。他願意救任何一個努力掙扎的人。靠近他，覺得自己是個人，不是賤物。

這也是為什麼整個絕弦坊都願意匍匐在他腳下。雖然他不需要這樣的匍匐。

她們尊敬他、崇慕他，願意為他做任何事。在她們心裡，林華就是神明。讓她們從穢物重生為人的神明。

「謹遵命。」孫六娘拜下。

林華並不知道自己躍升神壇了。他只感慨仗義多為屠狗輩，真為姚公子抱不平的居然只有社會底層人士，而他們的情報力和能量讓人刮目相看。

鄭小畜生男女通吃，偏女性。惹出這麼個大亂子，他機警許多，身邊也帶了不少健僕。而且他也自負，在紈褲子弟之間，他算是高手了。

聽說鄭小畜生他爹妻妾二十餘人只有這麼個男丁，千里旱田一根苗，舉家之力支持他無法無天。

不過鄭小畜生有個不好的習慣。他喜歡cosplay採花大盜。他喜歡爬牆親自吹迷煙，然後去奸污黃花大閨女。健僕們負責把風，不能離他太近。人家已經玩出花樣，就是追求極致的刺激快感。

於是在某個夜黑風高的夜晚，剛往嘴裡倒助興藥粉，攀上牆的鄭小畜生，被人一把捏住後頸昏厥了一下，摔在地上。一件斗篷無情的罩在他臉上。

只有幾秒鐘可用，林華異常冷靜的將內力集中在足尖，踹向翹起來的禍根子。拉起斗篷，岔進小巷，翻牆。

從某個破舊小院出去，一輛馬車堵在門口。上馬車，換掉夜行衣，風度翩翩的從馬車另一個門下車，溫潤如濁世佳公子的散步往絕弦坊。

一氣呵成。

原本林華是想將小畜生的凶器沒收，但閹割是個技術活，他實在沒有經驗，萬一百密一疏那真會將林家一起拖下水。

還是讓那禍根子變得曲折些吧。他淡然的想。還能翹起來，功能正常，只是每次滾床單比較痛而已……恭喜鄭小畜生夜夜享受初夜快感。而且很不好擼，不管用左手擼還是右手擼。

結果因為業務不熟練，他稍微用力過度，所以不是略微曲折，而是乾脆從中間「骨折」成了九十度直角。這滾床單的難度實在太高，而且想擼都擼不了。

比不舉還糟。

真高興畜生變成垃圾，從此修身養性了。

這件事林華瞞得死緊，但他可能瞞得住遊學歸來的林茂嗎？想得美。

林茂將他大罵了一頓，林華只能垂首聽訓。

但是讓人啞口無言的是，林茂罵了他，轉身就去推波助瀾……鄭小畜生他家後來真的好慘。政治鬥爭退一步不會海闊天空，只有萬丈深淵。

只能說護短腹黑貨一旦替天行道，能讓人希望再也別出生在這世界上。

後來兩兄弟這類「行俠仗義」頗多，林華負責動手，林茂負責掃尾，遊走在律法邊緣，很是過了一把大俠癮……家裡人居然毫不知情。

* * *

春日宴，綠酒一杯歌一遍。

十八歲那年春末，華裘少年郎攜眾美遊桃花園，落英滿頭。氣質高華，如群仙擁帝君出遊，成為暮春最清豔的一道風景。

……其實只是員工旅遊。

這年十八歲的林華，又長高了一截，自忖大約有一百八，肩膀也寬了許多，漸漸從青春期蛻變到成年了。

或許也有內功小成的緣故。畢竟一練內功就能脫胎換骨易經洗髓，那不是神話也該是超級主角的待遇，林華只是性轉，沒那麼逆天。他還是經過了一段時間的修煉和累積，才漸漸徹底擺脫了病弱體質，趁機轉大人。

十八歲這年，他和林茂同赴舉考。林茂考了個第七名，他考了個第七十七名。

沒有人感到意外。

林茂不消說，標準林家子弟的天才和表現。林華……在京中一直是個特立獨行的少年公子。

說他是個書香子弟吧，又不夠刻苦，外務多到不行，還弄出個絕弦坊……什麼？絕弦坊是孫六娘開創？傻了吧，誰不知道是年紀尚小的林華支持起來的？他才是背後的大Boss。

雖然是格調高貴典雅的音樂茶坊，但是樂師的背景多半出自風塵……東家和員工間不得不讓人有許多遐想。

可惜只有遐想。

說擁有絕弦坊的林華是紈褲子弟吧，他又太正經。吃喝嫖賭一樣不精，青樓過夜從來不曾。跟京中的紈褲壓根玩不到一起，感情不好也不壞。

跟什麼圈子都似乎能沾一點邊，又跟什麼人都談不上多好的關係……但也不差。不得罪人但也沒人想得罪他……主動得罪他的人總是莫名其妙遭難。

讓人驚豔的是風華，但也就驚豔一下而已。頗富音樂才華，但是才學上又不夠出色。似乎有些……泯然眾人。

林華感到非常滿意。

或許是完全接受男人這個性別，或許是「行俠仗義」從某個角度來說相當程度的得到適當宣洩，他的心態越來越平和，冰山臉漸漸轉為晶瑩高山雪，氣質高華開闊，不再覺得「世界對我充滿惡意」。

五官柔和不算什麼，多少名臣「顏若好婦」也沒耽誤他們當名臣。

瞧瞧這體格，嘖嘖。英挺矯健，身高破標，玩壁咚必要男主角配備。

終究沒有什麼父權，只有強權。當林華成為強權，能低頭睥睨所有曾經對他垂涎的小混蛋們……任誰也起不了其他的心思。

圓滿了。

他甚至有種「性轉者遠超大部分男人」的自豪感。這都是他辛苦磨練來的成果。雖然依舊不能捅任何人，他也不在意那點小缺陷了。

人生有許多美好的事。

像現在，帶著絕弦坊全體員工踏青，被眾色美女包圍，享受了一把被人羨慕嫉妒恨的眼神兒，最後在桃花下喝酒唱歌，興致到位拿出樂器開了個小型演奏會。身心靈徹底昇華。

即使因此傳出風流放蕩的名聲，那也沒什麼。白日放歌須縱酒。

說不定比身為女人還更舒心快意。

事後他被老太爺架去教訓了一頓，林華只是笑著說，「不過是犒賞員工罷了。」

「也沒哪個好到把自己犒賞進去。」老太爺涼涼的說。

「那怎麼可能？」林華斷然的說，「世間還沒有我願屈身的蓮華佳侶。」

老太爺捂著額頭又發起偏頭痛。

他發現，居然看不穿這個小孫子，焦慮那是逐年升高。小時候彆扭，可以說是種種緣故造成的冰山臉，長大表面不彆扭了，內心卻是格外執拗。

瞧瞧他們家林茂吧。也是潔身自好到讓他老頭子擔心的地步，結果呢？遊學幾年，人家把自己的終身大事不聲不響的打探好了……白露學院山長的掌上明珠，看起來一切合乎禮法循規蹈矩……事實上這小子鑽盡一切漏洞，他都替那位山長千金感到難過了。

可茂哥兒，最少願意去鑽漏洞（據說還鑽過狗洞）呀！華哥兒在幹嘛？跟樂師懷抱琵琶書新曲。

那群樂師平均年紀都大他三、五歲，他在那群女子跟前格外面嫩。

老太爺標準一退再退，甚至有些盼望華哥兒真跟哪個樂師有什麼不得不說的故事……總比他清心寡欲一副出家預備的模樣好。

最讓人失望的是，據華哥兒兩個形影不離的秘書小廝情報所訴，他們家華哥兒待誰都分外有禮，連衣角都沒讓人擦邊……那群沒用的女人寧願幫他擦腳邊的地，卻沒有半個敢碰一碰他的衣角。

老太爺無比煩惱。

但他終究是前副相、大儒。他會為子孫擔心煩惱，卻不會強迫子孫必須聽他的。就一個家主來說，他的性格的確太軟。可對惜福的子孫來說，這樣的老太爺是他們最慈愛最堅實的後盾。

林華的確是仗著疼愛搞定了老太爺。他很有信心，除了娶親問題以外，他絕對會是林家最好的子弟之一。

至於二房子嗣問題……得了吧，古龍爹的蠢血千萬別繼承了。他跟他親哥林英是運氣好，誰知道會不會隔代大遺傳。

古龍爹在嶺南惹了個江湖俠女，居然寄了一封休書回來，被盛怒的大伯撕成粉碎，沒敢讓老太爺知道。幸好便宜娘也不知道，不然會出什麼禍事誰都沒底。

就算是擺設吧，他也不敢坑任何姑娘……哪怕是他的員工，這太坑了。

反正林家有祠堂，祭祖還不都一塊祭了。誰敢說沒香火，林華就跟誰急。

遠在華州的林英，妻子剛生下老太爺的曾孫女。

消息傳來普天同慶薄海騰歡，幸好告知消息前林茂端著救心丹等著，不然老太爺怕是樂出毛病來。

林家雙傑同中舉，古龍爹又添真愛新品種武俠類……這些好的壞的都不算事。

林老太爺這房終於生出女孫了。天啊！這簡直是天大的好事！

好到都要上告祖宗了。畢竟從天祖父那代後，這房單傳的很純粹……連個女孩兒都沒有。別說林華他們沒有姑姑，他們爹連姑婆都沒有！

不只是老太爺全家樂得找不到北，連林氏家族都上門大大恭賀了……五親同運，林氏家族同樣可悲的生育率，女孩子的機率也是非常珍稀的。

至於簡氏嫌棄不是帶把的意見……算了吧，沒人在意。

林華非常興奮。這真是太不容易了，物以稀為貴啊。這可愛的小姪女在林家真是太珍貴了。小名兒叫珍珠很俗氣？拜託，想想珍珠是怎麼產生的吧，林家孕育多少代才有的女孩兒，太名符其實了有沒有？

他送了一顆非常稀有的「玄珠」，事實上就是黑珍珠，龍眼大，價格高貴得不要不要的。連裝玄珠的小荷包都是他親手繡的，金桂下玉兔搗藥，寓意和生肖都包了，心意十足。

林茂看著林華獻寶，眼珠子快突出來了。「……華哥兒，這是你親手繡的？」

「是啊。怎麼樣？還行吧？早在嫂子懷孕時我就開始動手了……」他還沉浸在「我也有小姪女了林家子弟不再全是雄性生物」的開心中。

完了。林茂心中警鐘大作。他最害怕的事情終於發生，好好的弟弟終於走了歪路，難怪對姑娘沒有興趣……他這是妥妥的要變成「妹妹」的徵兆啊!!

林茂走遍大半個國土，見過許多稀奇古怪的事情。當然也見過……好好的七尺男兒卻喜扮女裝想當女人這種怪事。

他感到一陣暈眩，但還是用強大的意志力克制住了。這時候不能罵林華，要疏導，湮堵只會激反。

等跟林華彎彎繞繞的雞同鴨講，終於搞明白林茂的意思，林華只覺得好笑，「沒那回事，我當男人當得好好的，哪會自找罪受。」

雖然大燕朝相對禮教比較鬆弛，但封建制度下的女性哪個活得不鬱悶。相較之下，性轉好啊，當個男人真真好，自由又開心。

「繡個花而已，就只是好玩。」林華點點頭。他手下能人無數，不只是音樂才華，連繡藝都是頂呱呱的。前世當女人都沒這麼好的師傅，現在有機會還不趁機學點。

……好吧，他承認，動機不是那麼單純。他只是想到梅宗主cos東方不敗繡花就非常興奮，學著學著不但讓部下替他留下畫像，還不小心就學成了。

不過茂哥都快哭出來了，他也不欲這點小嗜好讓他擔心。把最後的繡品分送，這輩子再也沒拿起繡花針了。

林茂也得到了一份他親手所繡的香囊，拿著心裡說不出有多複雜。

那是三件一套的香囊，分別是松、竹、梅。松香囊寄給林英，竹香囊親手給了林茂，梅香囊掛在林華的腰間。

林茂頭回見到「以針為筆」的鬼斧神工，這麼小的香囊，竹枝寥寥，卻有傲天氣節。

他擁有一個才華洋溢的弟弟。但發展方向總有點怪怪的。

這讓林茂感到很焦慮。

如果林茂並沒有感受到愛情的威力，說不定他也感覺不出那種怪異。但是沉浸在愛情中的人總有種散播歡樂散播愛的希望。

於是林華外出時開始跟各式各樣的千金小姐「偶遇」，同時被林茂帶著出席各種宴會……相親性質的宴會。

讓林茂更暴躁的是，林華對小姐們都彬彬有禮，溫柔體貼，小姐們也對他有相當好感……然後他們就變成閨密了。

瞧瞧他們聊的是什麼……護膚、美容、服飾。

一點點，哪怕是一點點曖昧也好……沒有，完全沒有。

林茂對他咆哮，林華一臉莫名其妙，等弄明白了，林華凝重的對他重申了「挖鼻孔」論調，讓已經淡忘的林茂受到一萬點心理傷害，再次擴大了心理陰影面積。

他終於絕望了。也跟林老太爺起了差不多的感想：絕弦坊那群女人真心太遜了，近水樓台幾年只會拜倒在華公子袍裾下……然後只有拜倒而已！什麼都沒做！太讓人失望了！

是的，和林華關係看起來最親密的就是絕弦坊的那群員工。林茂也知道絕弦坊經營著一條跟勾欄青樓有關的情報網，有事沒事林華就會「替天行道」，林茂會嘆著氣幫忙掃尾。

但因為林華做得很嚴謹，出手很少，卻都快狠準，只當作是少年郎正義過剩的俠義夢，於林茂而言不費什麼事兒，也樂在其中，不多做干涉。

事實上，林華也沒讓他知道太多。經營這條情報網沒多久，林華就感覺觸碰到市井中某個龐然大物，他猜測，應該是所謂的「雀兒衛」。

這可是直屬皇帝的朝廷鷹犬。

他無意與之作對，所以小心謹慎的避開。

一開始他就知道自己不是救世主，他也不過是自我滿足的發洩義憤罷了。要問林華最恨什麼，他最恨強者以性凌辱弱者那種理所當然。

在名節為重的時代，弱者只能含恨忍辱。

這讓他太不愉快了，不愉快到想讓那些自以為強者的傢伙知道其實他們也是弱者。

得知、探查、核實、出手。

他知道這沒有什麼意義，對於那些垃圾也不過是吃點小苦頭……最多不過是禍根子被踹成各種角度，滾床單會特別痛苦而已。

但這可以減少很多未來的受害者。至於更多的懲罰……那不是受害者該考慮的事情嗎？他們的忍辱總不會是花一輩子沉浸在痛苦裡，然後什麼都不做吧？

他說過，他並不是救世主。

但是夜路走多了總會碰到鬼。

林華倒沒有碰到鬼，卻遇到比鬼還可怕的玩意兒。

雀兒衛的真正頭頭派人來，看看他。

這真是令人毛骨悚然、後悔不已的事情。

其實林華在多事以後就想過後續該怎麼處理。

他自信絕對沒有留下任何物證，也絕對沒有任何人證，再說，八竿子打不著，他甚至沒有任何檯面上的動機。

這就是為什麼他不在乎屬下背叛的緣故。

因為，「基於義憤傷人」？這理由太扯好不？怎麼聽都像誣陷。

所以他被找上門的時候老神在在，也滿腹天干地支輪一圈的對應。比英文字母的什麼ABCD……Z計畫還多。

林華客氣的接了帖子，並且邀請在絕弦坊特別VIP包廂會面。然後，有點意外。

是個很年輕的公子，目測不超過二十，瘦高個，氣質遠勝容貌那款，清秀得有點單薄。

……有種詭異的同類感。

一開口，他就悟了。

年輕公子的聲音非常好聽，音色像是沒有變音的男童。原來如此，那種詭異同類感……仔細看，果然沒有喉結。

林華略微走神。

小說裡提到太監總免不了嘲笑一下太監尖銳或公鴨嗓，大概寫小說的人從來不知道有「閹伶」這種人物。歐洲十六世紀到十八世紀曾經流行過以去勢保持童聲的男性女高音或男性女低音。

他見到了大燕朝版本的「閹伶」。恐怕還是在御書房伺候文書的那種……要不養不出這種氣質。

年輕公子很大方的接受他的審視和走神，輕輕咳了一聲。「敝人司禮監少監鐵青。」然後將一面腰牌推向林華。

驚覺自己居然是聲控的林華愴然的看著那面烏木鑲金腰牌，很想說，我不想知道。

「見過鐵少監。」林華打起精神來，鼓起十二萬分的機警，並且開始思忖該用哪條天干地支編號的計畫應對。

鐵青溫文爾雅的一笑，「敝人掌管雀兒衛情報彙總。林公子俠義所為……總頭目已然知曉。」指了指天。

裝傻，必須裝傻。指天花板是什麼意思我絕對不知道。你們什麼證據都沒有，就算動刑我也不會招。

「我不懂鐵少監的意思。」

鐵青笑得更和煦，「總頭目的意思是，想請林老太爺直接嘉獎。」

林華內心淚流成河。

這是皇帝嗎？這根本是流氓。人家才不要證據，人家直接告家長。任你千招百式，皇帝才不跟你過招。

林華痛苦的捂住額角。好一會兒才從牙縫裡擠出字來，「……他到底想幹嘛？」

鐵青讚許的高看他一眼。這就對了，跟聖上硬抗是最蠢的，直接投降還可以坦白從寬。

聽完要求林華快吐血了。他開始覺得封建皇朝制太蠢，有股推翻昏君推行憲法舍我其誰的衝動。

首先，他手裡的情報網要往雀兒衛「靠行」，儘管他抗議他手裡的情報網其實不嚴謹，頂多只有些不靠譜的流言，而且組織鬆散，他也絕對不讓這些實在沒拿他多少錢的線人去當什麼釘子。

鐵青氣定神閒的一概點頭，說，每個月按時交書面情報上來就行了。不用太認真。

——不用認真皇帝逼我幹嘛？吃飽閒的？林華強忍住翻桌的衝動。好吧，擴大情報網，勉強有道理，忍了。

然後，要求他每次「行俠仗義」後，必須交遞書面報告，字數不能少於一萬字。嗯，不必署名畫押，字體最好變一下，變不了找人謄過。

——林華沒有翻桌，直接將手裡的茶碗捏成渣。老子在犯傷害罪啊傷害罪！身為國家最高統治者不是該正氣凜然的阻止老子嗎?!這副看「第一手報導」的模樣是鬧哪般啊?!皇帝是這麼幹的嗎?!

推翻帝制太有必要了!!

「冷靜，冷靜。」鐵青立刻站起來，「林公子手傷了嗎？我帶了上好金創藥！」

……你這準備也太齊全！

林華怒視，但他那雙細長眼尾微翹的眼睛在怒火中燒時實在有種奇異的魅力，讓成天被美人環繞，有點美感痲痹的鐵青心跳漏了半拍。

原來這是京中盛傳的「梅魂薔骨」。雖說首次這麼驚嘆的淮侯世子被林公子打個半死。

鐵青定了定神，語氣柔和些，「林公子此刻動的念頭……文武百官人人都有。可惜那是誅九族的大罪，請謹慎。」

……是啊，現在我最想做的是去打那個昏君一頓……然後推翻暴政。

林華非常不甘願的想。

他更不甘願的接下了一塊烏木鑲銅腰牌，萬般不開心的成了雀兒衛編外組織頭頭。

每次鐵青來收情報書和「行動報告書」，林華都想咬他。

其實能咬斷流氓皇帝的脖子最好，可惜鞭長莫及。

這一萬字掰得他痛苦非常。

因為千篇一律幾百字就能講完的東西硬要灌到一萬……他寧願寫一百篇策論來

抵。而且，也不是每個月都有得行俠仗義好嗎？事實上色情廢渣並不是那麼多的。總不會他努力踢歪那麼多禍根子，京城垃圾們還不知道收斂。

第二個月他就拒絕灌水了，因為沒有值得出動的個案。鐵青勸他拿以往舊案來搪塞，脾氣很壞的林華強忍著沒揍他……畢竟是遷怒……只是拎著他後領輕輕扔出去。

隔天昏君就將林老太爺請進宮「聊天」。

林華真心跪了。

老太爺年紀很大了，心臟也不太好！求敬老尊賢！

他不敢想像老太爺知道他在外幹的那些破事……會怎樣。不，其實他知道。但是後果不是他能承受的呀!!

再隔天鐵青一臉同情的來找他，林華只能滿含熱淚的謝主隆恩只是找老太爺聊天沒有讓「俠客」曝光。

他掩面。突然感覺到民主太好了，比封建帝制強千百萬倍。他好想推翻暴政民主立憲……但是老太爺和大伯絕對會把他打死然後引咎自盡。

林華恨昏君一萬年嗚嗚嗚。

萬念俱灰的林華要不是怕被林茂看破手腳，他還真動念過消極的拒絕考進士。

編外人員就很淒涼了，正式進入制度內……林華打了個冷顫。

那陣子他過的真是水深火熱。外面有個逼稿的昏君，家裡有個戀愛成智障的茂哥，有種生無可戀的心灰。

是的，林茂終於定親了。山長的掌上明珠哪有隨便嫁的，要等三年後林茂考完進士才能完婚……山長還嫌三年不夠三書六聘跑流程備嫁妝呢。

不過成了未婚夫妻，也就沒有什麼私相授受問題，可以公開而正式的通信了。

然後他哥就瘋了。

大概是談戀愛總是狂降智商，林茂乾脆的將智商降破地平線，超級患得患失各種不自信，寫個情書也追著林華問妥不妥當。

林華很痛苦。

他不但想推翻帝制還想滅絕愛情這種智障病毒，都是非常艱困的任務。

你為什麼不好好的盲婚啞嫁？

總算他還綳住最後一絲理智，沒有推薦其實對愛情最有經驗的古龍爹。

可我大伯你爹還在啊！聽說當年他和伯母談得也是轟轟烈烈，爬人繡樓摔斷過腿呢。要不找老太爺吧，據說當年他們也是甜死螞蟻的一對鴛鴦……

為什麼找我？為什麼找單身的我？對萬年單身放閃光很不道德好嗎？

林華真的很痛苦。

為什麼訂個婚像是按下定時炸彈的開關，茂哥被炸的整天在天上飄？我不要再聽陳氏萱娘多麼機智多麼聰慧多麼果敢……等等美好，我承認，我未來嫂子真的很聰明，能看透「相國小姐後花園相會身邊只有一個丫頭然後能夠被推倒居然跟滅門一樣沒人知曉超級滑稽」非常的對……

可是哥哥你講一萬次啊一萬次循環播放！求放過!!

林華真的超級痛苦。

痛苦到覺得昏君其實還有點人性。

於是林華寫了一篇策論，題目是「發乎情止乎於禮」。

大意是說，戀愛真的很可貴，但是拜託斬節一點。不要再逼可憐無辜的弟弟看類似「一日不見兮如隔三秋」之類的情書了，再「兮」弟弟想死了。

論「胃酸過多」、「敏感性牙齒導致牙酸」、「過度閃光是否會導致眼瞎」，求以上對健康的真實傷害！

通篇寫得花團錦簇，條理分明，引經據典。可能是林華一生中寫得最棒的策論。可林茂看完捲袖子準備揍弟弟，追了半個林府……之所以不是整個，是林華仗著自己內功有成，跳過高聳的外牆逃出生天了。

結果因為追著揍人，林茂失算了。他沒來得及將那篇大作毀屍滅跡，落到他娘林大夫人手裡，笑得前俯後仰，完全失去貴婦人的儀態，最後除了林華他便宜娘，全家都奇文共欣賞了，還流傳到公主府去。

林華終於樂了。

但是，鐵青來拿行動報告書時，笑得一臉意味深長的將那份策論遞給他，上面大大的批了一個「甲」。

「別撕！」鐵青阻止他，「那可是，御筆親批。咱們總頭目說，憑這篇一個探花沒跑了。」

……林華真心想知道，這份惡搞之作到底是循著怎樣的途徑會流傳到御案上……中間到底有多少人看過。

現在他覺得昏君一點人性都沒有。

到林華二十歲的時候，他終於從暴怒與混亂中脫身，平靜下來……心灰般的平靜。

他拿昏君沒辦法……應該說拿流氓沒辦法。跟流氓是沒辦法說理的，甚至高等流氓不拍板磚，人家都洗白開大燕朝無限公司，老太爺是退休前副總裁，大伯三叔都是總經理級別，三叔還入贅流氓家了。

這輩兒三兄弟，大哥已經進公司外派華州了，剩下兩個準備考進公司當小職員。

這等惡勢力怎麼惹得起？

他小胳臂小腿兒的扛不住這等惡勢力。

再者，他也隱隱有些佩服流氓皇帝。雖然林華常常被惹毛，但是都恰恰好踩在他最大忍受限度內，非常明白林華隱蓋得很深的「婦人之仁」，沒有觸碰他的忌諱。

比方說，藉助他的情報網，支使青樓姑娘作暗線，或者是掌握他對家人的重視，迫使他屈服之類。這真是他絕對不能忍的事情。

不要小看這個。這要有多廣大的情報力，多精準的人心掌握，掐得如此恰如其分，頂多讓他暴跳，卻很容易從不甘不願過渡到心悅誠服。

而且到現在都是由鐵少監和他碰頭，尚未見過流氓皇帝。

林華只是個小小的舉子。

對一個從未見過的小角色也能掌控得如此精緻，這流氓真不是人。

雖然在御下這方面理念南轅北轍，但林華覺得他從中受益良多。這讓絕弦坊除了京城旗艦店，又在南北六大城市開了分店，撈錢撈到數銀子都覺得煩了。可花的時間更少，人才濟濟，越來越省心，連帳簿都不用看了。

是的，關於用人這方面，讓林華一直飽受爭議。

自從開了絕弦坊，簡直打開了新視野，他越來越喜歡在退休青樓女子中取才了。第一就是不管原本為何，這些退休青樓女子都受過相當的教育。在識字率非常堪憂的大燕朝，這些方向有點偏頗但的確知書達禮的前青樓女子簡直是稀有人才。第二就是，她們見過世面，擁有相當的公關能力。

但她們幹什麼去了呢？只有極小的一部分被納成小妾，唯一的好處就是死了有人收屍。其餘的就是從高等青樓一路淪落到最低等的窯子賣皮肉，然後就等著百病纏身一捲草蓆扔亂葬崗。

出嫁困難、就業困難，最讓人想不到的是，連出家都困難。

這太糟蹋了。

林華不是救世主，他相當有自知之明。他承認自己很自私，還是從當中篩選擁有才華、想獨立自主靠自己的人才。就像孫六娘贏得了他的敬重，想讓他拉拔一把的人才也必須如此。

成為他的員工是很苛刻的，私生活必須要潔身自愛。因為絕弦坊要做出陽春白雪的格調，就得要撐起個顏面。但是成為他的員工就會負起責任，從住宿到醫療都是京城水準以上。

至於為何會滿城紅袖招……哪個青樓姑娘不擔心自己後路呀？可以說林公子就是一條最穩的後路。有可能成為名動京城的樂師，再不濟也能成為獨掌一坊的掌櫃，最差也能當個小二……嗯，服務生，那也是受住宿醫療保證的。

更別說，還往外地開分店呢。

雖然人家只要頂尖人才，說不定自己也有機會呀。

自覺吝刻的林華是這樣認為的。

但這只是一方面。在這些被賣進青樓的姑娘們眼中，林公子就是難得照入幽暗中的一縷陽光，是光明最後的垂憐。是難得給她們一個脫離泥淖機會的——神。

誰也不會多看她們這些污穢一眼。年華老去病痛纏身原本只能等死。

可曾在關係網上的人，哪怕再卑微，絕弦坊都會暗助。滿京城只有絕弦坊附屬藥鋪對難以啟齒的疾病專精，並且收容。

面對天人之姿的林公子，她們只敢匍匐，敬慕，感激。萬不敢褻瀆他。

……所以林華只知道他還滿受青樓姑娘歡迎，卻不知道人家完全把他架上神壇當大神，更不知道他有千萬青樓腦殘粉。

「……為什麼這一路的姑娘都在穿外氅？」休沐外出找林華閒逛的鐵青無言。這是京城最有名的胭脂胡同，最熱鬧最氣派的勾欄青樓處。結果他們一走過去，倚樓而盼的姑娘們都慌張的收起豔笑，每個都在加衣服，緊張的拂頭髮撫衣角。

個個都端莊矜持起來，然後目光灼灼的……盯著林華看。

林華泰然自若，「我開了絕弦坊。員工總有以前的老朋友吧？不然哪來的關係網。」

……林華的情商也是很堪憂的。鐵青默默的想。他一個太監都明白了，這孩子竟然不明白。

「鐵公子？」林華停住腳步，臨他最近的胡姬倒抽一口氣，引他看了一眼，她激動得快昏厥。可林華沒感覺，移目到鐵青身上，「沒事的，胭脂胡同沒外傳的那麼可怕……我就沒被拉過。這邊走，往這是捷徑。」

鐵青輕嘆了口氣。這下子他信了。有回微醺時林華開玩笑，說了「挖鼻孔」理論，鐵青以為是故意噁心他呢，沒想到這孩子是真的這樣想。

嗯，比他高半個頭的孩子。

林華這日帶鐵青來吃小巷美食，鮮湯餃。真的就是用魚肉和羊肉剁碎包餃子，湯也是魚骨加羊骨熬的。好吃到能讓人抱碗痛哭，然後覺得二十一世紀的味精啥的通通可以扔垃圾桶。

現在他跟鐵青處得很好。破冰的關鍵就是皇上催人淚下的破敗取名能力。鐵青當然不姓鐵，會叫這名字是皇上和某暗衛溜出宮玩的時候救下年幼的他，那時他臉色鐵青。

聽了這個小故事，林華什麼都原諒他了。

雖然有個很悲劇的名字，鐵青卻個性開朗溫煦……完全不像個太監。溫和儒雅飽讀詩書，雖然手有點殘，導致樂藝平平，但是音樂素養格外的高，這讓林華與他和解後特別合得來。

林華也說不上是對太監的好奇還是對悲劇名字的憐憫，總之，脾氣不太好的他給了鐵青相互認識的機會……這可是很多貴公子努力多年都沒獲得的成就。

誰知道他會給了個死太監。

越認識，越覺得鐵青可憐，林華也因此待他格外親切。

鐵青原也是世家子。很不幸的是，他剛出生就陷入後宅傾軋中，成了一個後天的「天閹」。

說起來非常陰毒，比傷人性命還慘。他的奶娘被買通，用一種特殊手法將他原本發育健全的性器官給整廢了。襁褓中看不出來，漸漸長大才發現已經萎縮。

他的娘親盡力掩蓋這事實，非常嚴厲的教導他儀態和讀書，所以外觀看還是個健全的男孩子。但這並沒有什麼用，想揭穿太容易了。

在當地，天閹被視為災禍之兆。被揭穿的小男孩差點被祭天了。

幸運的是，皇帝微服出（遊）巡（玩）剛好撞見，他順手救下，並且帶到御書房養起來。

被家族厭惡，身體殘缺，鐵青除了入宮為監真沒有別的去路了。

反正御書房的太監多得很，多養他一個不算什麼。他在容貌上並不出色，流氓皇帝是個顏控……嗯，不是很上心。

但是鐵青多聰明啊，智商高總容易脫穎而出。

先是陪太子讀了幾年書，然後就被求才若渴的皇帝打發去管最讓人頭疼的情報彙總。

所以說，知識就是力量，就算少了些什麼的太監依舊如此。

你知道的，流氓皇帝的缺點罄竹難書，可他用才真是不拘一格。鐵青因為身體的缺陷的確不能在朝為官，卻不耽誤他在御書房辦事，一切待遇也與官員差不多。

有休沐日，賜宅，領俸祿……俸祿這點比林華強，到現在林華當幾年編外人員，一毛錢都沒收到。只要林華不甘心的提了提，皇帝就會找林老太爺入宮「聊天」，十二萬分之沒良心。

咳咳，離題了。

總之，鐵青雖然擁有官員待遇卻依舊長住宮中。畢竟他在宮中長大，外界對他實在太陌生了。要不是流氓皇帝覺得林三公子太有意思，但找誰去騷擾……咳，去接觸都可能繞不過馮宰相，硬把鐵青派出去……這位宦官可能還宅在宮中。

最大的收穫就是認識了林華。

高大俊朗氣質出眾。但這樣的貴公子在京城沒有一百也有八十，林華並不是最出色的。

可顧盼流轉間，卻風儀高華，能夠明白為何常被人掛在口中。

除此之外，還有種奇異的……同命感。

林三公子跟他這個天閹怎麼可能有什麼同命感。他心底呸呸了兩聲。

可林華卻溫和親切的對待他，不把他視為閹人。

雖然他不怎麼在意自己是個閹人。

就像有人缺了胳臂，就像有人瘸了腿，或者臉上有疤破相了。老天就是給了你這樣的命運，只能接受了。或許要承受別人異樣的眼光，但這不代表自己不能活得很好。

他喜歡活得好。這世上還是有很多有趣的事情，比方說讀書，比方說聆聽音樂。比方說端著一杯茶，靜靜的欣賞四季。

這些並不因為他少了點什麼而減少絲毫的美好。

現在認識了林三公子，那就更好了。多添了和朋友天南地北胡聊的樂趣，不管誰開什麼樣的頭，另一個人都能接下來，心情好比酣暢的痛飲美酒，好比酷暑食寒瓜，那般痛快淋漓的感受。

林三公子據說很忙，但他總是很悠閒很從容的將事情交給別人去辦，每次見到他都有新花樣。什麼地方賞景最美，哪個幽深的巷弄有最好吃的美食……他通通知道，總是熟門熟路的帶他遊賞京城。

雖然根本是兩個風馬牛不相及的人，有時候鐵青覺得，林三公子跟皇上有那麼一點像。

林華用絕交恫嚇這種相提並論。

他怎麼可能像那個無恥的流氓。為了友誼長久，這論點萬萬不可再提。

私心來說，除了這點不著調，鐵青真是他在大燕朝最要好的朋友，沒有之一。

地位跟他兩個親兄弟真的差不多。

跟鐵青相處無須防備，唯一能夠讓他完全忘記自己是個性轉者的知己。

林華偶爾也是會感到寂寞的，偶爾也想傾吐心事，發發牢騷。

以前擔任這角色的，是他的二哥林茂。只是，人都會長大，要跟小時候一樣膩在一起是不可能的。

而且因為是親兄弟，反而會為了不讓家人擔心，更難以傾訴。再親的手足也沒有辦法完全替代朋友的位置。

他很樂意將孫六娘她們當朋友，問題是員工對待他總是戰戰兢兢。而基於性別，這個年紀跟哪個小姐多談幾句話都可能有事……性轉者真是寶寶心中苦。

至於同齡的同窗世交……得了吧，過去傷痕太多，他也揍過太多人，話不投機半句多。

鐵青完全滿足了他對朋友的需求。

直到相交數年，林華才領悟到他為何對鐵青推心置腹。

理由非常悲酸。

除了志趣相投外，鐵青他……沒有「作案工具」，林華不用費心防備和揍他。

這緣故他一輩子都沒敢告訴鐵青。

只默默的掩面，再一次的感到性轉真是地獄模式。

＊　　＊　　＊

林華的過度悠閒保持到二十一歲那年的正月十五。

下個月就要考春闈了，人人都緊張得快死掉，他居然遞紙條招呼鐵青出來逛燈會。

「你書都念完了？」鐵青納悶，「還有心情閒逛？得了，快回去吧……」

「沒事兒。」林華回答的漫不經心，「該讀的早讀完了，課外讀物……我把藏書樓也讀完了。」

林家藏書樓上下三層，藏書有幾萬吧？從九歲開始，十幾年了，終於達成「飽讀詩書」成就。「過目不忘」天賦讚。

不得不如此啊。進士考有名的變態和刁鑽……那昏君有插一腳的事物都是這風格。

鐵青卡殼了一下。基於情報彙總都是他管的，他自然知道林家藏書樓的規模，卻不好說他知道。

林華也沒死追這話題不放，「不是說沒看過京城燈會嗎？行了，帶你逛逛。」

最後也沒怎麼逛成……人多到倒胃口。幸好林華早有準備，領著鐵青去了一家新開不久的碁宿閣，登樓臨江，水燈蜿蜒如星河點點。

「好所在。」鐵青讚了一聲。

「嗯，剛開的。」林華點點頭，「樓下大廳有定期圍棋賽，樓上是棋室。」他有點開心，規劃牆上展示用大棋盤可花了他不少腦筋。

大家都窩在家裡下棋多沒意思，出來廝殺啊。比賽規則和棋士都由他來訂了，想想都興奮起來。

果然，試行期間就收入可觀。

鐵青默了默，滿眼不可思議，「你還考不考進士了？盡撈錢？」

林華微微一笑，幫他添滿茶，「我有很多員工要吃飯。放心吧，啥也不耽誤。」

「嘖。難怪那些老學究說京畿學子一年比一年沒靈氣。領軍的林家子弟之一全鑽進錢眼裡。」鐵青搖頭。

「怕什麼。」林華老神在在，「不還有傅小才子嗎？」

傅小才子是這些年京畿異軍突起的黑馬，才氣縱橫，卻一直是神祕得要命，誰也沒見過。到目前為止，還是試考。據聞是因為年紀太小。

「不是年紀小，」林華非常肯定，「雖然文筆非常老辣犀利又詼諧，但傅小才子定是個姑娘家。」

他可是兩個性別都當過，這點兒差異哪能看不出來。女子主筆再鋒利都有點……太軟。

鐵青噴茶了，然後瘋狂的咳了半天。

……難道情報外洩？不可能的！就算外洩林華的關係網也觸及不到。對目前的他來說……還太高端了。

他非常狼狽的掏出帕子擦擦嘴，生硬無比的轉話題，「咳，我以為文人相輕。」

林華睇了他一眼。果然，讓女子科考這種突破封建上限的事實現，絕對跟昏君有關……而且全程看熱鬧。

他早看破昏君的尿性了。

不過，也別為難鐵青了，他才是最不容易……在昏君身邊侍奉超級不容易。

「有什麼好輕的呀。傅佳嵐的確是厲害，沒得講。她這科會參加舉子試吧？我敢說她會一路過關斬將，完爆整個大燕朝。不只如此，將來進士考定是前三甲沒跑了。」

「可怎麼樣呢？不，我不是說她的性別。假設她是男子，又有點運氣的拿到狀元……坦白講，三年一個狀元，大燕朝至今也有幾十，但是擔任首輔的不過一二。前三甲聽起來挺好，其實就是前三個靶子啊。」

林家子弟考不到前三甲嗎？不然。那為何故意爭取前二十就算了呢？沒辦法，瞧瞧這可悲的生育率，看看同樣稀疏的林氏家族。前面單傳的時候，搞不好就會絕嗣，孤立無援啊！

有本錢站隊嗎？沒有。有本錢黨爭嗎？沒有！為何林家渾稱林留手？那是單傳壓力不得不成為牆頭草啊！人丁單薄到不得不成為孤臣，埋頭幹事吧，別爭別出風頭了。

要不是老太爺超常發揮有了三個兒子，你看他敢不敢爭副相。看別人生了個六畜興旺大把揮霍子孫真是讓林家列祖列宗羨慕嫉妒恨。

林華要不是有自己的特殊人生規劃，也不會去爭取那個探花。

……現在還真的有點不想爭。想到知事郎要跟昏君朝夕相處就覺得人生無望。可讀了這麼多年書，故意考不好……又有那麼點不甘心。

「其實頭兒人滿好的。」鐵青有點遲疑的勸慰。

「再好的流氓依舊是流氓。」林華完全不為所動。

陪流氓玩是很痛苦的事情。

會考前夕，林老太爺又應邀入宮聊天，皇上「隨手」賞了一把渾天尺，並且關心林家兩個考生。

林華非常無言。那把渾天尺怎麼看都像是玉做的戒尺。

一箭穿心。

他恨流氓萬萬年。

在昏君隱諱又張揚的威脅下，原本有些消極的林華爆發潛能，舉子考了七十七名的他，會試考了第九名。林茂則是非常林家子弟風格的考了第五。

殿試更是超常發揮，讓人意外又不意外的，林華中了探花，欽點知事郎。完全拷貝了馮宰相路線。

當然，就容貌而言，風華正茂的林茂似乎更適合探花。但是二十二歲的林茂煥發出勃勃英氣，刻意把自己曬成小麥色了，稍微偏離了大燕朝追捧的美男子標準。因此屈居傳臚。

相較之下，把自己保養得皙然如玉唇紅齒白的林華，擁著滿身風儀，當個梅魂薔骨的探花郎似乎更名符其實。

表面非常平靜的林華心裡狂吐槽：醒醒吧，一切都是暗箱作業。這完全是大魔王想合理奴役探花的陰謀……連讓他去翰林院當編修清閒兩天都不肯。

至於打馬遊街的第一個感想……他快被擲花的仕女打出內傷了。一朵兩朵當榮耀，被滿天花海洗禮……那已經進階成暗器了好不好!!

胭脂胡同還特別合包了一層樓，滿樓紅袖招，倒了起碼有兩車的各色花朵。到這天他才後知後覺的知道自己有這麼多青樓腦殘粉。

趁亂有人塞了把琵琶給他，他的員工夾道絲竹開鳴。

……回家真的會被老太爺揍歪。

但這天，不應該是他的日子嗎？

雖然有點摻水，含金量不太夠，但終究是他，林華，一個穿越過來的性轉者，考上了探花郎。

華，是花的古寫。真是一種意外的巧合。前世為女，網路暱稱叫做哈那，日文的花。今生為男，叫做林華，林家的花。

兩生花。今為探花，不是很合宜嗎？

他撥弦，且行馬來且琵琶，演奏了他親譜的「鳴春」。在場的絕弦坊樂師曲調隨之一變，共鳴仲春。

群芳齊芬，百豔爭春。連嘲雜的人聲都和諧的融入曲調之中，那樣狂野張揚的歡喜，在這春風得意馬蹄疾的日子裡。

回家他果然挨揍了，老太爺拿著渾天尺就給了他兩下，吹鬍子瞪眼睛的說他太跋扈。林華乖乖站著挨揍，林茂和大伯一起幫著又攔又哄……然後事情就結束了。

……馬的，他就知道昏君沒安好心眼。

心眼很壞的昏君果然將他壓榨得沒一處好，哪有人遊街第二天就去上班的，不公平！別的進士都先放三個月的假了啊！為什麼我就沒有?!

同樣享受放假優待，忙著娶老婆的林茂非常憂慮，糾結萬分後扯著忿忿不平的林華囑咐，「……皇上的最愛是馮宰相。」

林華不敢相信的瞪著自己的二哥。

可林茂誤會了，急出一身汗，「再好看也是一張臉皮！皇上是好看，可你看太子都快能訂親了啊！他就是一張嘴能哄人……華哥兒，別鬧，千萬別被哄啊，離他遠點……」

單純心無點塵到現在還是處子的可憐小弟可千萬別被那個無恥皇帝哄走了！看看馮宰相吧，娶妻生子這麼久，還牢牢把在皇帝的魔掌中啊，太可憐了！

皇帝和小弟的互動看得他膽戰心驚，他敢拿自己的仕途賭咒，聲名狼藉男女皆可的皇帝絕對有不利於孺子之心！要不怎麼連假都不給放，急吼吼的將剛出爐的林知事郎弄到身邊？

「他還有點好，就是不用強。華哥兒啊，聽哥的勸……」林茂繼續苦口婆心。

林華暴躁的打斷他，「哥，你覺得我會看上流氓？」他立刻拂袖而去。

氣得回去打爆了六個沙包才勉強平息。

還沒上班就想炒了老闆怎麼破？急，在線等！

……好吧，他知道大燕除了紗線繡線，其他什麼線都不會有。

他突然覺得撥接256K也是一種幸福。

當天晚上，一應知事郎袍冠就送上門了。昏君等著知事郎上門被奴役，到底規劃多久有多急？

林華非常鬱悶。

可第二天，天色未明他就起來梳洗，親自穿上冠袍，磨得錚亮的銅鏡顯現出他俊美的身影，意外的充滿威儀。

「林知事郎。」他對著鏡子裡的人說，微微笑了笑。

所以，還是有那麼點緊張吧。幸好看不出來。

他轉身，穩穩的往外走，推開大門。東方已經隱隱出現金光。

林華往金光處走去。

＊　＊　＊

大燕朝是個非常戲劇化的朝代，也是後世取材最多的時代。

當中最受歡迎的是政德帝時期。除了政德帝本身，政德三探花更是無數小說、電影、電視劇爭相翻拍的題材，搞得後世都不希罕狀元了。

肌雪顏花的馮探花不消說，顏值是三探花之冠，歷經兩朝，官拜宰相，幽冥冰山屬性。一生經歷高潮迭起，不但跟夫人生死相隨，還跟政德帝生死相隨。

不管是BG還是BL都大豐收，真是人生贏家。不管是哪個面向都值得改編到面目全非。

前無古人後無來者的傅探花更不得了，人家是真正的探花娘子，閨閣大學士，著作等身，影響後世深遠，當朝和後代的許多皇帝都是她的粉絲。

但學術地位和女權第一人不是她深受改編者喜愛的主要緣故。據說她微末時還是個小婢女，最後和她服侍的傅臚公子成親了呀！雖然「金鑾爭牽馬」只有短短幾行字，但那也是名留史書了好嗎？

婢女和公子青梅竹馬，相互養成。最終探花娘子嫁給傳臚公子……多有愛的設定！

可被改編最多的，卻是被稱為「梅君子」的林探花林知事郎。

終身未娶的林知事郎，三十餘歲就辭官了。似乎是三探花中資歷最平庸的一個。但是他留下了大量的樂譜，和數不清的風流軼事。許多青樓豔妓都垂青於他，為他賦詩填詞，並且常有書信往來。

至今在博物館還保留了他幾封親筆書信，和紅粉知己為他畫的肖像。可無數紅粉知己都捍衛他的名譽，似乎到死林探花都是處子。

身為音樂沙龍首創者的孫六娘對他感念至深，書《梅君子傳》，曾經被收為國文選讀，以梅喻人，在文學上獲得很高的評價。

《梅君子傳》被譽為「抒情之最」。

到現在，林探花的曲譜依舊傳唱，大燕以他為主角的傳奇話本數量頗豐。他的感情生活也一直是個謎。

有人認為他與孫六娘苦戀半生，最終因為世家公子與青樓姑娘的身分不得不黯然而別。因為孫六娘是唯一和林探花聯名譜曲的人。

可也有人認為他真正的戀人是音樂評論家鐵半殘，「子期遇伯牙」的摯友身分根本是掩飾，據考據林探花辭官後，原名鐵青的鐵半殘「奉旨」隨行。同樣也是因為身分——世家子弟的林華與身為宦官的鐵半殘是無法公開在一起的。

同時也有人認為，林探花真正的摯愛是他的堂哥林茂。主要是他們兩人之間保留的書信是最完整的，正本都留存在至今依舊興盛的林家中。但是從何看出愛情成分這就得問那些開腦洞的人了。

另一個大家心照不宣的緋聞對象，就是林知事郎曾經競牽馬的探花娘子。

而且，他還是「驛道之父」。

他半生踏遍了大燕每一寸國土，規劃了當代最發達的公路線圖。大燕皇宮御書房從政德帝起，懸掛了多代，斷斷續續的按圖施工，直到文昭帝才大成。

到科技發達的現代，依舊有許多主要幹道蓋在他規劃的驛道上。

才華洋溢，高大俊美，曖昧不清卻明顯悲戀的感情線，自言「留取清白在人間」

的超級禁欲系……

改編起來太有發揮餘地了。

幸好林華不知道後世會怎麼編排他。

他若知道，大概會無奈的翻白眼。

林華這輩子，還真沒動過心。

這真的沒什麼。多少出家人一輩子守戒律，不也好好的過去了。奇怪的是，女人少年守寡一輩子，從來沒人關心她們的性苦悶，怎麼男人不想滾床單，每個人都替他們憂慮得要命。

莫名其妙。

探花娘子的牽馬風波，他也真是無辜。用膝蓋想也知道，那是流氓皇帝的惡作劇好嗎？迫於惡勢力，他也是沒有辦法的好嗎？

都怪流氓太無聊。

至於青樓桃花，他到死都沒接上頻道。在他看來，林華就是僥倖在大燕朝享受了一把天王巨星的待遇，擁有百萬腦殘粉。粉絲寫信給他，有時間就回一下。至於她們是什麼身分……信封又沒寫。

員工是特別腦殘粉，他總是比較包容。

鐵青和他是最好的朋友。

當初他為了理想辭官，鐵青根本不是被他拐走的，是流氓皇帝打包給他的！

林華不是幫大伯母打理過物流業嗎？後來雖然不歸他管，也會指點指點。結果發現大燕朝的道路規劃真是一團亂。

一開始只是整理京畿路線，後來對地圖和規劃道路產生興趣。但是朝廷明顯對這方面不重視，想重視也有心無力，不知道往哪下手。

考慮了幾年，林華跟馮宰相討論過後，決定辭官自己幹。不然等國家運作就太慢了。

他並不認為在政德帝或太子任內就能完成，太不實際了。但是規劃要越早越好。

流氓皇帝讚許，而且打包了一個團隊給他，包括鐵青。給他便宜調用全國雀兒衛的權力……看起來很支持對吧？

他馬的皇帝不給半毛經費啊幹！

結果他的私人產業幾乎都拿來支持全國公路幹線圖了。若不是他現在是雀兒衛地位超然的副頭目，能夠假公濟私保護產業，他都不想幹了好吧？

能掙錢不是這樣壓榨的！一遇流氓誤終生啊靠北！我要個國公的空名頭幹什麼？還不賜國公府！

我跟昏君誓不兩立！

……嗯，用膝蓋想也知道，發誓沒屁用。林華還是「忠君愛國」了一輩子。

其實仔細想想，他這輩子活得非常恣意瀟灑。踏遍了大燕，該吃吃該喝喝該玩玩，照他喜歡放權的習慣，手下忙個賊死，他卻正事、賺錢、享受……啥都沒耽誤。

最開心就是鐵青一直在身邊。

最對不起的也是鐵青。身體不太好，卻無怨無悔的隨他櫛風沐雨，走遍大江南北。

鐵青在他懷裡閉眼的時候，林華險些把血哭出來了。

不過沒關係了。現在他也要走了。

他和林茂都已經白髮蒼蒼。值得慶幸的是，茂哥身體比他硬朗，還可以享很久的子孫福。

林茂執著他的手痛哭，侄兒姪女環伺在側抹淚。

其實林華感悟到自己命不久矣時，想過要不要悄悄的死在外頭。

但這樣可能更殘酷，對哥哥太殘酷了。

他必須要給林茂一個，最後的交代。

意識開始模糊的林華對林茂微微一笑，「阿兄，別難過。」

或許來生我們還會再相聚。

林茂靠近他的耳朵，哽咽的說，「……弟弟。來生再為親兄弟。」

好的，好的。

他不悲傷。他這輩子過得很好。這一生，多麼精彩。

他知道，茂哥已經將鐵青記入祖譜為他的義兄弟，這樣鐵青就能入林家祖墳。茂哥答應他，讓他火葬，將他和鐵青的骨灰罈放在一起，死同穴。

感謝大燕的義兄弟制還是非常嚴謹，可以上祖譜。

沒辦法，向來豁達的鐵青，居然會為了無法入任何一家的祖墳黯然神傷。

好兄弟，咱們還是在一起。

在彌留之際，林華不著邊際的想。咦？還是好兄妹？都快忘了我是性轉者了。

用最後的力氣深深看了林茂一眼，含笑而逝。

林華出殯的時候，慘白著臉的林茂親自抱著骨灰罈，不管子孫怎麼勸解都不肯放手。

舉城同悲。白幡覆日，紙錢遮天，夾道路祭綿延不斷。半城哀樂，林華旗下員工放聲同哭，淒慘無比。

林茂抱著骨灰罈，騎著白馬緩緩向城郊而去。

最終親自將林華的骨灰罈放入墓室，和原本擺在那兒的鐵青骨灰罈相偎。

「……你也是傻。傻弟弟。」林茂落下淚來，「你好歹給人個名分啊！這麼不清不楚的同葬算什麼?!」

拍著骨灰罈，「不怕，咱們不怕。你家鐵青陪著你……大哥也在那邊吧？再過幾年，哥哥也下去與你團聚。咱們這輩兒三兄弟，到底還是會在一起的。」

聽得兒子孫子毛骨悚然，趕緊將林茂摻出去。

封墓。

後來聽說，當月朗風清時，林華墓附近都會隱約傳來琴與簫的合奏。

琴藝高超如仙樂，簫聲……完全是搞破壞，難得還合奏得這麼高興。

沒辦法，練了一輩子，鐵青還是只能寫寫音樂評論……要不你以為為啥他要叫做「鐵半殘」？

據說最常演奏的曲目叫做〈高山流水〉。

番外篇之一　對食

林華剛為林知事郎的時候，有段時間頗為窘迫。

初入仕途，還給大燕最難伺候的皇帝當秘書，流氓總裁除了添麻煩還是添麻煩，業務不熟練，一朝選在君王側的「幸進」，其他同事的各種羨慕嫉妒恨……這些都還有待時日慢慢熟悉。

讓他最頭疼的不是這些，而是鐵青徹底疏遠他。

一開始他很納悶也很不開心，每每看見他冷漠如陌生人般擦肩而過，林華說不出有多不好受。

直到他慢慢摸清楚風氣和人際關係，才理解了鐵青的苦心。

大燕朝百官普遍瞧不起宦官。尤其瞧不起插手政務的宦官。特別像鐵青握有實權這種。

當然百官不會去管鐵青手底的情報彙總權是皇帝說什麼都不可能交出來的根基，他們只會覺得底下少個玩意兒的閹宦弄權。

難道漢末奸閹禍國的前車之鑑沒讓皇上警悟嗎?!

嗯，流氓皇帝根本不鳥他們。馮宰相只會冷冰冰的用眼角看人，問他們手頭的事都辦好了？然後隨口將人的信心砸成玻璃渣，叫他們捧好自己破碎的玻璃心認真辦自己的事。

太欺負人了對不對？

拿皇上和宰相都沒辦法，只能玩兒排擠和冷暴力。

一開始，只是排擠宦官，後來越演越烈，連待宦官客氣點的官員都會被疏遠和冷待。

之前林華尚未入朝，只是個小舉人時，和鐵青來往，毫不顯眼，誰耐煩注意一個小小舉子。

現在不同了，林華被點中探花，一躍成為君王身邊隨侍的知事郎……根基不穩舉步維艱，這時候還跟宦官鐵青過往甚密……那簡直是不要自己的仕途了。

……才怪。林華冷冷的想。

他的確常常被昏君氣得想推翻暴政……之所以沒揍皇帝是因為手握老太爺這大殺器。但是林華不得不承認，這是一個掌控力非常強悍的皇帝。

就他淺薄的歷史知識，林華就想不出哪個超強皇帝導致宦官禍國的。宦官說白點，就是天子家奴好吧？身為皇帝，不信賴不設法掌握因治國而設的百官，反而去信賴天生就該被掌控的家奴……那皇帝該有多貧弱。

在超強流氓皇帝手下，仕途跟和不和宦官來往一點關係都沒有好不好？

林華一搞明白，二話不說，中午就端著自己的小案，放在鐵青對面吃飯。

流氓皇帝非常沒有人性。雖然早就還政於朝，不再全部集權於御書房，但御書房的人還是不少，工作特別繁重，中午還不讓人回家，非得在御書房吃不可。

提供的飲食……算了，有葷有素，口味你不要要求了。食物份量還是固定的，分配自助餐似的，每人一案，跪坐。

好在沒有強迫固定位置，小案也不是很重，大夥兒可以找相熟的圍在一起吃飯。

鐵青向來都在後廊池邊獨自吃飯，林華一過來，他把筷子給驚掉了。

林華幫他撿起筷子，用茶水沖洗後，擦乾淨遞還給他。

「……別鬧。」鐵青壓低聲音，「快走開。」

林華嗤了一聲，斯斯文文的夾菜吃飯。

別人已經看過來，鐵青心裡有點發急。「懂不懂事？你同僚不會容你！」

「某流氓容我就行了……你說他不找麻煩能死麼？」林華抱怨，默了片刻，他捏緊筷子，「我以為我們是朋友。」

鐵青沉默了。「我是為你好。」

林華又嗤之以鼻。

鐵青嘆氣。

安靜吃了半飽，鐵青無奈，「跟太監對食的只有宮女，這是規矩。你知不知道會被笑？」

「所以你沒有對食？」林華頗感興趣的問。

你這個重點是不是偏移太遠？鐵青都頭疼了。「……沒有。你不了解……在外人眼中看起來像是家家酒的『對食』，我們也是慎重以待的。」

其實不只是太監和宮女會結成對食，宮女和宮女也有，只是很少。通常對食就是開始交往……大約就是一輩子不會變了。

如平民夫妻，若有一方死去都會相互守節，一輩子希望就是能葬在一起。

這些細節鐵青沒跟林華說。

但林華想了一會兒，點點頭，「能相對在一起吃飯一輩子也是怪不容易的事情，是要慎重。」

「你有家有業，何須煩惱這種事？」鐵青笑了。

林華卻沒有笑。「……哪有那麼容易。哥哥們終究各有小家，老太爺終究會早我一步。我娘……去嶺南找我爹了。」

到最後，還是只有我一個人。想想，還真有點寂寞。

鐵青停筷良久，「你單身一日，就陪你吃一日飯吧。」

林華看他這樣小心翼翼，反而被逗笑了，挑了挑眉，「那可吃得長久了。」

的確滿長久的，幾乎相對吃了半輩子的飯。

番外篇之二　踏雪尋梅

林華初任知事郎當年冬。

拜流氓皇帝毫無人性所賜，林華已經被連續污掉了三個休沐日，原訂的相國寺賞梅活動自然就無限延期了。

林華一點都不懷疑，照流氓皇帝的無人性程度，準能延期到直接賞桃子。

好昏君不推翻嗎？

「……其實御書房也有幾棵梅樹。」鐵青小心翼翼的建議。

午休時，林華和鐵青並肩踏雪，發出沙沙的聲響。

雖然御書房的梅樹稀疏不成林，但也有幾棵頗為可觀。但讓林華止步抬頭的緣故，卻是因為一樹燃天的豔紅中，飄來奇特的梅香。

冷冽的香氣。像是以梅花為基調，細心的調配了少許的薄荷，讓人精神為之一振。

他抬手折了一枝梅花。

手白如玉柄。襯著枯褐的梅枝，怒放張揚的火梅。湊近輕嗅，雪白臉孔和微挑的眼尾，宛如被芳香胭脂深染。

幕天席地的雪裡，無邊無際的白，天地所有顏色都集中在這裡。

有那麼一瞬間，鐵青的目光只能集中在這抹豔麗，無法移開。那是一種無法形容的震撼。

林華回眼，看鐵青目光渙散的瞅著手裡的紅梅，「……喜歡？」

「嗯？」他這才回神。

「給你吧。」林華把花遞給他，「味道很別緻。」

鐵青頓了下，接了過來。

這於林華來說是很小的事情，畢竟那棵梅樹有點高，照鐵青的身高折摘有點費力，既然他喜歡，就隨手給了。

過了那一瞬間的震撼，鐵青也沒當什麼事。人生總有很多被美麗震撼的時刻。會灌瓶供起那枝梅花，也是很自然的事情。

果然是很別緻的味道，幽然冷冽。

花漸漸敗了，枝頭留春總不久。他原本想扔了，最後把殘存的花瓣一一摘下，烘乾，縫了一個小香囊裝起來。

只剩下很淡很淡的香氣，但是本質依舊清冽。

他沒有將之懸掛在腰上，而是塞在袖袋裡。行動中，隱隱約約能聞到若有似無的幽香。

某一日，香囊丟了。

他扔下林華回頭去找，卻遍尋不獲。有點鬱悶的走回來，卻看到丟失的香囊躺在林華的掌心，明顯是被解開來看過了。

林華一臉的微妙與困惑。然後……居然沒還他，而是收入自己的袖袋。

這瞬間鐵青不知道怎麼辦。是該要回來，還是該解釋什麼。最後只剩下一種難以名之的懊惱。

雪大了。一片陰影遮在頭上。鐵青抬頭，面容恢復平靜的林華撐起傘遮雪。

他微微後退，傘也如影隨形。靜默片刻，他們還是並肩而行，林華將傘往鐵青那邊傾斜，導致自己的一邊肩膀被雪打溼。

好像有什麼不對。又好像哪兒都對。

後來林華又開了一家叫做「燃天」的胭脂鋪子，專門研製香膏。有款叫做「踏雪」的旗艦款只有名字卻從不對外販售。

事實上，「踏雪」是香丸子。專門放在香囊或荷包的。

第二年冬天，林華終於將鐵青的小香囊還給他。裡頭裝著幾丸踏雪。

「之前的香氣太淡了。」林華解釋。

鐵青淡定的接了過來，嘆氣。「你太容易造成別人的誤會了。」

「啊？」林華不解。

「沒事。」鐵青安然篤定，「我會好好看著你，省得到處惹事。」

他用餘生完成了自己的承諾。

作者的話

會想寫兩生花是因為想挑戰地獄模式。

穿越這題材其實都快被寫爛了，男穿女或女穿男這類也有不少作品。不過很可惜，看了我都會啞然失笑。

這麼說似乎很失禮，只是諸君自己想想就明白了。萬一自己面臨性轉時會如何反應，就明白這些紙上談兵的作品有多不切合實際了。

之前我不敢寫，因為那真的完全是地獄模式。

現在則是覺得，或許可以了吧，經歷應該累積足夠，足以模擬出性轉最貼近的反應。

於是我寫了「林華」，並且一點一點讓「她」變成「他」。

其實一個人的靈魂，或者性別認同難以改變。許多自以為是同性戀的人其實是雙性戀，所謂的直男（女）掰彎，其實是原本雙性戀中，從偏向異性而轉同性，根本沒有離開原始性別認同。

至於掰彎別人是否道德是否正確，那就不在此討論了。畢竟我不是專家學者，甚至不確定自己說得對不對……誰知道參考資料有沒有騙我呢？

不過我若是「林華」，我確定自己是沒辦法愛上男人或女人了。柏拉圖式戀愛，對其他身心健全的男女都是折磨。於他而言……

愛上男人，是身體的同性戀。

愛上女人，是精神的同性戀。

這兩種真的沒有辦法接受，更不要說他以男人的身分「侵入」任何一個人的身體，這都是辦不到的。

所以事實上，林華最可能的就是單身一輩子。能夠有鐵青相伴，只能說，他還真是撞了驚天大運。

總之，我還是玩得挺開心。頭回碰撞性別題材，這樣的成果，我很滿意。

蝴蝶2016/9/24

國家圖書館出版品預行編目資料

兩生花 / 蝴蝶Seba著.
-- 初版. -- 新北市 : 雅書堂文化, 2017.02
面 ; 公分. -- (蝴蝶館 ; 76)
ISBN 978-986-302-352-4(平裝)

857.7 106000388

蝴蝶館 76

兩生花

作　　者／蝴蝶Seba
發 行 人／詹慶和
總 編 輯／蔡麗玲
執行編輯／蔡毓玲
編　　輯／劉蕙寧・黃璟安・陳姿伶・李佳穎・李宛真
封面繪圖／五十本宛
執行美編／陳麗娜
美術編輯／周盈汝・韓欣恬

出版者／雅書堂文化事業有限公司
郵政劃撥帳號／18225950
戶名／雅書堂文化事業有限公司
地址／新北市板橋區板新路206號3樓
電子信箱／elegant.books@msa.hinet.net
電話／（02）8952-4078
傳真／（02）8952-4084

2017年02月初版　定價200元

總經銷／朝日文化事業有限公司
進退貨地址／新北市中和區橋安街15巷1號7樓
電話／（02）2249-7714
傳真／（02）2249-8715

Seba・蝴蝶

Seba・蝴蝶

Seba・蝴蝶

Seba · 蝴蝶